Gaea

GAEA

The Immortal Gene
月與火犬
2 黎明之前
星子 teensy——著
Izumi——插畫

月與火犬
目錄

CH01 夜叉

三坪大小的605號房正中央斜斜立著一張灰白色小方桌，桌板是堅硬的石板——是石頭；桌身則有些彈性，外觀略微光滑，是糨糊。

由於昨夜大戰蜘蛛，石頭身形縮小許多，體積不足以化成正常大小的桌子，因此與糨糊配合，一個當桌板、一個當桌身。

狄念祖則苦著臉，盤腿坐在桌前，生疏地捏著一支針筒，瞄準自己臂彎處一條血管。他可從沒有替自己打過針，更遑論替自己抽血了。他僅能憑著以往透過電影或電視所累積的模糊印象，拿條繩子綑實上臂，又拍打著胳臂彎處，使血管突出，然後咬著牙，試著將針筒插進血管。

他失敗了數次，總算抽出血來。他緩慢地操作著針筒推柄，將血液慢慢抽進筒身，足足花了五分鐘，才抽出了第一管血。

月光則站在窗邊，望著窗外夜空，此時天已全黑，從這扇窗子向外望，只能見到巷弄和樓房，幾乎看不見天空。月光似乎對此感到有些沮喪，在此之前她參觀過狄念祖的房間，狄念祖房中的窗子視野略好些，但也僅能看見一小片天空。華江賓館位於擁擠的巷弄中，四周的樓房都蓋得高。

「這邊有水有電，但沒有月亮和星星、沒有雲也沒有風……」月光將臉貼在窗沿，將手伸至窗外輕輕拂動，卻感受不到山腰上那廢棄園區宿舍的清涼夜風。「沒有鳥叫聲、沒有蟲鳴、沒有樹、也沒有樹上的松鼠，連草和花都很少……」

「……」狄念祖將那管血注入一只陶瓷杯，那是他們在大賣場買來的杯子，杯身有個可愛的星形圖案。月光喜歡五角星形的圖案，她說那看起來像糨糊。

「公主殿下，別任性了。快來喝血，不然會凝固喔。」狄念祖搖了搖那小小一杯鮮血，頂多就是一口的分量。他知道自己得再抽上三、五管血，才算是盡到當一碗「飯」的職責。他望著遍布數個針孔的瘀紅臂彎，牙一咬，又將針頭扎入血管。

「飯，你動作好慢，你是小氣鬼啊，弄半天只弄一點點——」糨糊噫呀地叫了一聲，從桌身揮出兩條黏臂，纏上狄念祖的胳臂，猛力擠壓。

「喂！」狄念祖驚怒大叫。

「糨糊，不要這樣！」月光趕緊回頭，叱退糨糊。

「我要玩汽車，飯動作太慢，害我不能玩汽車……」糨糊委屈地將雙眼移動到桌身側邊，一眨一眨地向月光訴苦。在大賣場時，狄念祖爲了說服他乖乖當背包，買了兩輛玩具汽車給他。這時小汽車還擺在袋子裡，糨糊迫不及待想要拆來玩，但得先當張桌子，方便狄念祖抽血。

「媽的……」狄念祖暗罵一聲，剛剛糨糊那麼一搗亂，害他將針插深了，似乎還插穿血管，使他疼痛極了，只好拔出重來。他長長吁了口氣，喃喃罵著：「要不是我體內有長生基因，我這隻手大概要廢了。都是那隻王八蛋貓害的，現在也不知道死去哪了……」狄念祖想起傑克和水頭陀，心頭不禁又煩躁起來。他還沒答應傑克和水頭陀提出的要求——破解父親筆記型電腦裡的加密程式，將裡頭的重要資料交給反對聖泉的地下組織。

他並不排斥破解父親的加密程式，甚至有些躍躍欲試，但他知道這麼一來，等於正式處於與聖泉敵對的立場，這會讓自己遭遇到超乎想像的麻煩。他的工作室可能要停擺、設計團隊或許要解散，還有兩週就要開學了，他的人生似乎走到一條難以轉向的詭怪道路上了。

「唉……」狄念祖嘆了口氣，又抽出一管血。他望了月光一眼，月光唇邊還沾著一絲血跡。她剛喝完那口血，意猶未盡地睜著眼睛，望著狄念祖手中那裝著滿滿血液的針筒。

「我想明天應該找一支大一點的針筒。」狄念祖翻著白眼，將針筒中的鮮血注入月光手中的白瓷杯。月光又一口喝完了，仍望著狄念祖手上的針筒。

「……」狄念祖臭著臉，準備抽第三管血，但被月光伸手阻止了。

「嗯，這樣就夠了。」月光舔了舔舌頭，放下杯子，說：「我只是需要養分，並不需要喝到飽，我想吃其他東西。」

「兩口眞的夠嗎？」狄念祖倒像是想要再多抽幾管血，他覺得抽第二管血花的時間比第一管少了許多。再多練幾次，或許就熟能生巧了。他見月光轉身翻找起自大賣場買回來的零食，便也沒理會她，自顧自地又多抽一管血，擠進白瓷杯中。

月光捧著裝著零食的袋子回到桌邊，見到杯中又多了一口血，欣喜地笑了笑，說：「謝謝你，飯。」

「不客氣，買二送一。」狄念祖攤攤手，舒展著胳臂，不想繼續嘗試了，畢竟會痛。他說：「眞要謝我的話，以後不要叫我『飯』了，叫我名字吧。」

「飯還有名字喔。」糨糊插嘴。

「有。」狄念祖哼哼地回嘴，自個兒也從食物袋中拿出一袋速食，吃了起來。「排骨飯、牛腩飯、雞腿飯、滷肉飯、叉燒飯、三寶飯……名字多著呢。」

「好了，糨糊、石頭，你們也一起吃晚餐吧。」月光將桌面收拾乾淨，拎著食物袋在桌邊晃了晃。

「那你是什麼飯？」糨糊身體扭動、開始變形，將變成桌板的石頭抖落下地，自個兒變回原本的胖海星模樣，迫不及待地奔到購物袋旁翻出他的玩具車，回到月光身邊坐下，興奮地拆開包裝。

「糨糊，先吃東西再玩。」月光像是幼稚園老師管教學生般，將一個紅豆麵包遞給糨糊。

「紅豆！」糨糊並沒有停下動作，而是伸出另一隻黏臂接過紅豆麵包，同時拆著玩具車和紅豆麵包的包裝，一邊吃一邊玩。

「我姓狄，我叫狄念祖。」狄念祖隨口說，大口吃著漢堡。

「那以後你叫『狄飯』好了。」糨糊這麼說。

「隨你便啦。」狄念祖懶得和糨糊瞎扯。他轉頭看著一旁的石頭，只見石頭花了好半晌工夫才扭回原本的模樣，且還有些歪曲變形，嘴巴也張不太開。月光將麵包撕成小碎塊，一塊一塊塞進石頭嘴裡，石頭才緩緩嚼食起來。

「石頭好像病得不輕啊，他要多久才能恢復啊？」狄念祖隨口問。

「我也不知道……」月光搖搖頭，耐心地餵石頭吃麵包。「糊糊今天多吃一些，可能明天就恢復了。石頭身體太小了，可能要等三、五天才會變回本來的樣子……」

「對了，月光，如果妳想起什麼，立刻告訴我。我是指剛剛那傢伙，我得知道更多關於他的事。」狄念祖隨手捏了根薯條放進石頭嘴裡，一面回想剛剛回來時所見的那漆黑髒污怪傢伙。

「對……不起……嚇著你們了……你們好……我是新來的……你們不要害怕……我不會傷害你們……我不會傷害……這裡任何人……求求你們……不要趕我走……」

那傢伙當時只講了這麼一句話，便緩緩回房去了。

「我覺得他……有點可憐……」月光若有所思地說。

「啥？」狄念祖皺了皺眉，說：「可憐？」

「他受傷了。」月光這麼說：「他生了病，很痛苦，我感覺得出來。」

「妳不是也提防著他，擔心他偷吃我嗎？」

「對，他身上有種危險的味道。我以前見過類似的東西，我記不起那時候的事了，我只知道那時候……我們很害怕那種東西……」月光認眞地回憶，又說：「但這一個……好像有些不太一樣……我感覺得出來，他和他們不一樣。」

「妳說得沒頭沒腦，我完全聽不懂。」狄念祖揮揮手，他最多僅能從先前與月光的閒談中推斷出當時研究室發生極大的騷動，月光、糨糊和石頭由於儀器損壞，記憶甚至是性格都受到了若干的干擾和破壞，因而忘記許多事。

狄念祖可沒耐性慢慢等待月光回憶往昔，他心想或許得找貓兒他們聊聊，他和他們還有約定——華江賓館的房客們同意明天一致通過讓他續住，但他得在後天投下反對票，讓６０４號房那黑色傢伙滾蛋。

儘管他一點也不支持以多欺少、霸凌弱勢這樣的行徑，但他剛剛與那怪傢伙匆匆一瞥的會面，讓他完全能夠理解其他房客如此排斥那黑色傢伙的理由——那是對於天敵的警戒，是一種不須理由的懼怕和憎惡。

就如同小鼠、雛鳥敵視野貓；如同兔子、土撥鼠敵視土狼；如同羚羊、野牛敵視獅子。

或許是他體內也有新基因的關係，讓他隱隱約約感受到那傢伙是他的天敵。他說不出那是什麼樣的感覺，和前些日子他被動物群起攻擊的感覺又有些不同。

那黑色傢伙，便像是慣於獵殺、爭鬥的落難凶獸。

倘若那黑色傢伙恢復力量，或者失去控制，恐怕會給華江賓館帶來毀滅性災難。

「妳慢慢吃，我出去逛逛。」狄念祖抓著頭，決定找貓兒聊聊。

「你要去哪？」月光問。

「我要找其他人聊聊，妳如果擔心我逃走，可以跟著我無所謂。」狄念祖回頭這麼說：「不過我也可以直截了當地告訴你，我完全沒有必要逃跑。畢竟我現在無家可歸，隨時可能被更凶悍的傢伙宰掉，在妳身邊或許會更安全。我們同是天涯淪落人，互相幫助更有益處，當然，信不信由妳。」

「嗯……」月光只猶豫幾秒，便點點頭說：「我相信你，你是好人，不會騙我。」

狄念祖望著月光的雙眼，只覺得她的目光清澈如水，他幾乎不曾在同齡的男人或女人眼中見過這樣的眼神。

他若有所思地步出月光房間，隱約還聽見糢糊的說話聲，說應該要在飯的脖子上綁個鈴鐺，卻被月光制止了。

狄念祖加快步伐經過６０４號房、再經過６０３號房。６０３號房是鬼蜥的房間，而他對鬼蜥十分反感，一點也不想和他聊天。

他敲了敲６０２和６０１號房，那是貓兒和四角的房間，無人應門。

他搭電梯下樓，望著逐漸關上的電梯門，腦袋裡轉動著各種想法。倘若他現在當真一走了之，只要能夠順利走出華江賓館大門，坐上自己的車，月光即便腳程再快，也追不上他。在人類城市裡，連一點生活常識都沒有、還帶著兩個低能小跟班的月光是不可能找得到他的。當然，若真要這麼做，他得先做好萬全準備，例如最好穿著球鞋，而非僅趿著一雙拖鞋，也得將錢包、手機和鑰匙等重要的隨身物品帶在身上——

然而他也只是想想，此時確實沒有逃走的必要。在這詭譎怪異的危險環境裡，有個溫柔美麗且身懷強大力量的女孩陪伴在他身邊，代價僅僅是些針刺疼痛，以及少許血液，他並不吃虧。

當然他並未將拋下月光獨自逃亡的想法完全驅出腦袋，月光僅須飲用他的長生血液便能自在生活，那只是推斷。倘若一段時間後，月光仍須食他的肉、啃他的骨，那麼他也得拿出應對辦法。

他懷著滿腹心事走出電梯，見到櫃台前聚著更多人，有些人手上捧著便當、有些人拿著飲料，三五成群地擠在櫃台邊閒談。貓兒、四角和鬼蜥都在其中，鬼蜥正口沫橫飛地圍在酒老頭旁，卯足了勁遊說著酒老頭，一旁還有幾個傢伙也不時鼓譟附和。

酒老頭只是端著酒杯，偶爾點點頭，啜飲杯中酒，靜靜看著老舊電視機播放的懷舊電視劇。

狄念祖走近人群，向貓兒點點頭，隨口問：「怎麼，這邊大家習慣聚在這裡吃晚餐？」

「不，我們只是不想和那傢伙在一起，所以全下樓了。」貓兒搖搖頭這麼說，她指指長廊另一端某扇門，說：「那裡是活動室，是我們平常泡茶聊天的地方。現在裡面擠了更多人，三樓以上的房客一致決定在活動室和走廊打地鋪，抗議那傢伙入住。」

「有這麼嚴重？」狄念祖愣了愣，問：「老實說，我現在一頭霧水，我得知道更多事情。」

貓兒點點頭，領著狄念祖往活動室的方向走。活動室說大不大、說小卻也不太小，有十來坪，地上鋪著滿滿的棉被和蓆子，裡頭有男有女，還有一些小孩，但樣貌都十分醒目。在這個地方，新物種們不必掩飾自己的身分，能夠自在地以平時樣貌示人。或許是因爲物種差異的關係，大家也並不特別在意性徵；例如某個頂著兩只兔子耳朵的女人，便倚在角落一張棉被上，裸露著上半身餵四個小孩喝奶，一面和一旁兩個大叔模樣的傢伙聊天。仔細看，那四個小孩當中僅有兩個模樣頗像兔子，另兩個小孩，一個屁股上有貓尾巴，另一個屁股上則是狗尾巴，還搖個不停。

狄念祖倒是沒被這場面嚇到，而是隨意和裡頭的人打招呼。

那些房客或許是正逢同仇敵愾的緣故，對狄念祖特別親切，紛紛上來噓寒問暖、自我介紹，最後都不免補上一句「在這邊大家就是要團結」之類的話。

□

「打擾了，裡頭的……先生？我可以和你聊聊嗎？」

月光站在６０４號房門外，輕輕敲著門。

石頭雖然腦筋更加痴呆，但此時他緊緊抱著月光的肩膀，警戒地望著門。

糨糊則抓著兩輛小汽車跟在月光身後，他似乎暫時對小車失去興趣，他將兩輛小汽車纏繞在腰間，神情警戒，低聲問：「公主……爲什麼妳要和他講話啊，我覺得他臭臭的……我覺得他是壞人……」

「我想和他聊聊……」月光摸摸糨糊的頭，對糨糊說：「如果他有困難，我或許幫得上忙。」

「可是……」糨糊像是還想說些什麼，６０４號房內便傳出回應聲。

「可以，我可以和妳說話……我……我很想和人說話……」６０４號房門後的聲音，聽來十分沙啞，像是嗓子受過嚴重傷害。

「那你開門吧，我們坐下來聊聊。」月光這麼說。

「不……不了……」那聲音說：「我剛剛嚇著了你們……眞是很不好意思……我們

隔著門說話就行了……」

「好，你不要出來！」糨糊搶著說：「你想和我們公主說話，得先回答我的問題。你為什麼臭臭的？你很凶嗎？你要打架的話，我不怕你。我很厲害，我們公主更厲害，我們三秒就可以殺死你——」

「糨糊！不要沒禮貌！」月光皺眉喝斥糨糊幾句，然後再對著604號房門說：「不好意思，裡面的先生，這是我的兩個小寶貝，他們是小孩子、不懂事，你不要生氣。」

「呵呵……」604號房裡的聲音笑著回答：「沒關係……我最喜歡……小孩子了……」

「那……你可以告訴我，你是不是受了傷？你需要幫忙嗎？或許我幫得上忙。」月光這麼問。

「妳……能幫得上我什麼忙？」那聲音反問。

「我也不知道，不過……」月光想了想，說：「我認識一個……一個飯，他的血很營養，或許你喝了之後，身體會好一些……不過……我想我得先徵求他的同意……」

「公主，飯是我們的飯啊，要吃就吃、要送人就送人，飯怎麼可以有意見。不過我覺得公主還是把飯省下來自己吃就好，不要給這個怪東西吃，他這麼臭，把飯吃得又髒又臭，那公主怎麼吃？」糨糊這麼說。

「不……這……」月光愣了愣，說：「可是……飯……狄他對我們很好，他買衣服給我穿、找房子給我住，他是個好人，我拜託他一下，求求他給這個先生一些血，或是……或是我每天少喝一口，我把我的份分給這位先生也行。」

「不行啦，公主！」糨糊激動地說：「那叫飯多抽點血好了，反正他血多。」

「呵呵呵呵……」那聲音沙啞地笑著說：「小妹妹……妳很善良，妳是個很好的……很好的『棄民』，這表示我的抉擇……並沒有錯。我很開心，很高興能認識妳……妳可以告訴我妳的名字嗎？」

「我不懂你的意思……」月光愣了愣，說：「還有，我沒有名字……」

「嗯……」那聲音頓了頓，嘆了口氣說：「對了……大多數的棄民都沒有名字……真是……可悲吶……」

「先生，到底什麼是棄民？」月光不解地問。

「棄民……就是被神遺棄的子民。」那聲音說：「他們大都是神……造出的失敗品，被神遺棄、被驅逐、被遺忘，甚至被夜叉追殺，這些棄民們沒有名字、沒有希望……過一天是一天……」

「夜叉？什麼是夜叉？」糨糊插口問。

「夜叉……是神的使者，專門……負責消滅你們這些棄民……」那聲音答。

「他們很厲害嗎？」糨糊追問。

「嗯……非常……厲害……」那聲音緩緩地答：「夜叉不會痛、不會累、不會生氣、不會害怕、不會開心……也不會流淚……夜叉沒有七情六慾，完全服從……神的旨意……」

「先生……所以，你也被夜叉追殺嗎？」月光問。

「算……是吧。」那聲音頓了頓，問：「小妹妹……妳應該是個新的棄民吧，妳還不了解整個世界，我從妳的聲音聽不出絕望，妳應該時常都很快樂吧……這樣挺好，但妳得記住，這裡就是收留像妳這種棄民的地方，只要妳不惹是生非，就可以平安地在這裡生活……但漸漸地……妳會對世界失去希望，妳會把這個地方當成世界的全部……妳記住，有一天，當妳想要在天空飛翔時，就大膽地張開翅膀……」

「嗯……」月光一時間不知該如何回答，便只是點點頭。

「你說什麼啊！我們公主沒有翅膀，也不會飛。」糨糊又插嘴。「還有你問我們公主名字，怎麼不先報上自己的名字？你到底是誰？爲什麼會被夜叉追？」

「我……我就是夜叉。」那聲音默然半晌，長長嘆了一聲，說：「一個失敗的夜叉……」

□

「夜叉？」狄念祖望著貓兒。

「不敢完全確定，但應該八九不離十……」貓兒伸了個懶腰。她的身材修長，此時並未如其他新物種那樣露出耳朵尾巴什麼的；舉手投足間就像電視上的名模，卻又顯得十分自然，並非出於刻意造作。

「那到底是什麼？」狄念祖抱著手，倚在牆邊，他們此時在華江賓館後門外的死巷裡，小巷外則堆著一些廢棄雜物，讓這小巷顯得如同華江賓館的後院。

「夜叉是聖泉藥廠的狩獵部隊，專門獵捕我們這些新物種。」貓兒這麼說。

「什麼？」狄念祖皺眉，立刻就問：「我不懂。」

「你當然不懂，其實大多數的新物種對聖泉藥廠並不是很了解，因爲並不是每個新物種都是從實驗室逃出的，且即便是出自實驗室，也未必了解聖泉藥廠內部各種情況。」貓兒望著狄念祖，媚笑著說：「但我總覺得你是個聰明人，有些事應該可以讓你知道。」

「嗯。」狄念祖朝著貓兒攤手，擺了個「請說」的姿勢。

「在世人眼中，我們這些新物種和『怪物』幾乎是同義詞，這些『怪物』流落在外，惹出麻煩，必然會在人類社會造成騷動，大家會將矛頭指向聖泉；三歲小孩都知道，世上只有聖泉藥廠擁有這種生物科技。」貓兒繼續說：「而夜叉，就是聖泉藥廠用來維持新物種秩序的專屬物種，他們專職負責獵捕、銷毀我們這些失敗品。」

「什麼！」狄念祖有些訝異，急急追問：「如果聖泉藥廠要消滅這些流落在外的新物種們，那麼我們集中在這個地方，不是很危險嗎？我的意思是，他們難道不知道，世上有華江賓館這樣專門收容新物種的場所嗎？」

「他們當然知道。」貓兒哼哼笑著說：「但現在全世界新物種的數量遠超出你的想像，聖泉不可能大張旗鼓地將所有新物種一網打盡，那反而會讓我們更團結，甚至引發戰爭。因此，聖泉藥廠對我們這些流落在外的新物種，採取某種程度上的包容政策，例如酒老頭這地方，就是個被默許存在的收容所。只要我們乖乖待在這裡、安分守己，聖泉就不會爲難我們。但那個新來的傢伙不同，倘若他眞是夜叉，卻來投宿收容所，又一副狼狽模樣，情形顯然不單純。或許他加入了叛軍、又或許他嚴重失控，如果他留在這裡，很可能會帶來無法挽回的災難。」

「嗯。」狄念祖點點頭，心中卻隱隱感到有些不妥，倘若貓兒他們得知自己是數週前聖泉實驗室破壞計畫核心成員的兒子，那麼自己也很可能會成爲眾人排擠的對象。他不想讓貓兒察覺自己的心思，便裝作若無其事地問：「你說那個黑黑的傢伙是夜叉，所以他獵殺過你們的同伴？」狄念祖隨口問。

「或許吧。」貓兒這麼說：「這也是現在大家這麼排斥他的緣故。我不怕跟你說，華江賓館的房客們或多或少和聖泉有些瓜葛，甚至是過節，但大家同是天涯淪落人，彼此扶持、互相幫忙，也很正常……」

「假如那個傢伙不是夜叉，我們甚至願意替他保守祕密……酒老頭保護過很多這樣的朋友，大家都沒有意見。」貓兒這麼說：「但他是個夜叉……在這個地方，沒有人願意爲了曾經殘殺自己親友的夜叉而承擔無謂的風險。況且……這個風險，恐怕遠遠超過朋友間互相幫忙的程度了。我們承擔不起，在這個地方，沒人承擔得起……」

「我明白。」狄念祖總算明白了黑色房客的由來，以及華江賓館的定位和房客們的心態。他仰起頭，望著小巷上方兩側樓房夾縫中的夜空，隨口說：「所以，你們打算在這個地方，平平順順地過一輩子嗎？」

「一輩子太長了。」貓兒搖搖頭，苦笑地說：「我們根本沒有想到那麼久遠的事，你的身上雖然帶著不同於一般人類的氣息，但你其實是人，沒錯吧？你要知道，我們和你不一樣，大多數的人類是懷抱著希望出生，你們一出生就有目標，知道自己活在這個世上究竟是爲了什麼。」

「但我們這些失敗品不同。」貓兒淡淡地說：「我們是被你們人類刻意製造出來的產物，你應該不知道研究室裡的光景吧，也沒見識過那些研究員旺盛的好奇心，而我們只是那些研究員心血來潮下，用『這麼做的話，會變出什麼有趣的東西』的想法製造出來的產物。我們的誕生沒有任何目的，也得不到祝福，許多新物種在誕生不久後就被銷毀，或被當成活體實驗的對象……過一天算一天，平靜地和這個世界共存，已是我們最大的奢望了。」

「嗯。」狄念祖點點頭，無言以對。他抬起頭，只見樓房夾縫中的天空漆黑一片，濃雲蓋住了整片天際，他不由得有些恐懼，自己接下來是否也將走向這個沒有希望的人生旅程。

CH02 訪客到來

「原來如此，這樣的話，阿囚，你也是個好人……」月光若有所思地點點頭。「你放心，我會站在你這邊。」

「謝謝妳……」門後沙啞地應著。

「月光！」狄念祖的聲音自廊道那端響起，月光嚇了一跳，轉頭見到狄念祖朝她奔來，便站起身，指著604號房說：「狄，阿囚是個好人呢，你要不要和他說說話？」

「……」狄念祖伸手將月光拉遠，低聲在她耳朵旁說：「妳在幹什麼？」

「我在和他說話呢。」月光這麼說：「他很可憐，也很善良……我講他的故事給你聽。」

「跟我來。」狄念祖急躁地抓著月光的胳臂，將她往房內拉。

「怎麼了，狄？」月光像是被狄念祖嚴肅的神情嚇著，和他進了房，問：「你剛剛在樓下發生了什麼事？你看起來很害怕。」

「我跟妳說，妳如果想安穩住在這個地方，就要聽我的。」狄念祖靜靜望著月光。

「好，我聽你的。」月光點點頭，想了想，又說：「但是你不能叫我放了你、或不喝你的血、或硬要幫我取名字，這幾個都不行。嗯，還有……」

「嘖，妳不要囉唆。」儘管狄念祖知道月光其實很認眞地思索著他的要求，但他仍然不耐地揮揮手，略顯焦躁地指著604號房的方向說道：「妳本來不是還擔心我被他偷吃了，妳不是才說他很危險，怎麼妳現在又不怕了，還主動找他說話？」

「笨飯！」糨糊哼哼地插嘴：「我們公主那麼厲害，爲什麼要怕那臭傢伙，你這麼弱，我和石頭都能一腳踢死你。公主是擔心你半夜被他偷吃了，才去找他說話。」

「……」狄念祖難以反駁糨糊這番話，只好對月光說：「妳知道他是誰嗎？妳別惹他，妳惹不起。」

「我知道，他是阿囚，是夜叉。」月光點頭回答。

「呃！」狄念祖呆了呆，轉身來到門邊，探頭出去望了望。

廊道上靜悄悄地，貓兒、四角、鬼蜥等，爲了表示對那604號房中夜叉的抗議，在那傢伙離開前，都不願回房。

狄念祖輕輕關上門，回到月光身邊，深深吸了口氣，問：「他還對妳說了什麼？」

「阿囚是專門抓我們這種……嗯，剛剛阿囚說我們是什麼？」月光歪著頭想，糨糊出聲搶著說：「棄民。」

「對，是棄民，阿囚說我們是棄民，是被神遺棄的子民。阿囚他原本專門獵殺我們這些棄民，但他不想繼續這樣下去了，他覺得就算是棄民，也有活下去的權力。他不想再當夜叉了，他想過平靜的生活、想要照顧果果。」月光這麼說：「狄，阿囚說你們會聯合起來把他趕走，是眞的嗎？」

「是眞的，我和其他房客約定好了，那個夜叉不能留在這裡。」狄念祖見月光露出失望的表情，便解釋說：「妳別相信那傢伙講的話。眞好笑，那傢伙專門獵殺新物種，等到自己落魄時，才來投靠本來被他追殺的這些人，他不覺得自己很可恥嗎？」

「狄，你怎麼這樣說。」月光皺起眉，像是不同意狄念祖的說法。「阿囚是好人，他是爲了保護果果和果果的媽媽，才得罪其他夜叉，被那些夜叉追殺。他受了重傷，所以暫時把果果藏在安全的地方，一個人躲在這裡。你讓他在這裡把傷養好，他就能繼續照顧果果了，好嗎？」

「嘖！」狄念祖揮揮手，說：「這裡不是我的地盤，我答應也沒用。他能不能留下來，要看其他人同不同意，我一個人的意見也改變不了結果。」

月光說：「我也是房客，我也算一個人，再加上糨糊、石頭和阿囚自己，這樣就五個人了。」

「五個人有屁用，整間賓館的房客應該超過五十人吧。」狄念祖不耐地走到床邊坐下，疲累地揉著腦袋，說：「妳不覺得妳太多事了嗎？妳先顧好自己比較重要吧。」

月光低下頭，默默不語半晌，突然又打起精神，向趴在門邊玩汽車的糨糊和石頭招招手，說道：「這樣好了，我們去說服其他房客，讓阿囚留下。」

「喂——」狄念祖瞪大眼睛，看著月光和糨糊、石頭離開他的房間，還替他帶上門。

「眞是雞婆，有夠麻煩！」狄念祖不滿地搥了一下床，翻過身面向牆，用手撐著頭閉目養神，但他翻來覆去好半晌，只覺得放任月光遊說其他房客十分不妥，月光雖然心地善良，卻不諳人情世故，加上帶著任性妄爲的糨糊，若是一言不合，很可能會惹出爭端。

「媽的！」狄念祖氣呼呼地跳下床，追出房門。他心煩氣躁，等不及電梯上來，便從樓梯下樓。

五樓、四樓、三樓都寂靜無人，連廊道上的日光燈都關著，僅牆上的微弱小夜燈亮著。果眞如貓兒所說，大夥全都刻意遠離那夜叉，向酒老頭表示他們的抗議。

狄念祖繼續向下，漸漸聽見一樓傳來的喧鬧聲，那聲音一聽就知道是糨糊。

「可惡，你們聯合起來欺負我們公主——」糨糊伸出八條觸手，張牙舞爪地擋在月光身前，威嚇著其他房客。

「喂，老酒鬼，你說句話行不行？」一個同樣上了年紀的傴僂老者，伸手叩了叩櫃台，酒老頭仍歪著頭躺在躺椅上，一手端著酒杯、一手逗弄著身邊那大黑狗毛茸茸的尾巴，默默看著電視。

另一個年紀看來和月光差不多的少女，臉上長著許多雀斑，頭髮紮成一束短馬尾，上身套著短外套，下身是迷你裙和條紋褲襪，比嬌小的月光矮了許多，蹬著一雙厚底大頭鞋，身高仍只及月光的額頭。她伸著食指，直指月光的鼻子，瞪著大眼罵：「妳這新來的女人眞是不知好歹，妳不想在這裡待下去啦？我看妳還是現在就滾吧，省得浪費大家的時間，一天到晚表決，我說最近是怎麼啦，一堆新來的傢伙煩死人了。」

「還不是那些渾蛋又惹事，到處搞破壞，不知道又在哪間研究室搞出意外，讓更多新物種逃出來啦。」有人這麼應著。

那傢伙這麼說完，卻也有人不同意，他說：「你怎麼這麼說，你也是逃出來的，若不是那些渾蛋，你現在還在實驗室裡當實驗品啊！」

「你說什麼？」「怎樣？」擠在櫃台旁的人們似乎分成兩派，有些較支持聖泉藥廠，批判那些反對勢力一再製造紛擾，造成更多新物種流落在外；另一派則較支持反對勢力，認爲聖泉藥廠才是造成新物種落難的元凶。大夥逃出聖泉，能見天日，可是大大的好事。

一個看來平凡無奇的大嬸在酒老頭身旁蹲了下來，輕輕搖著酒老頭的胳臂，堆著笑臉說：「我說酒老啊，你就聽大家的勸，叫那夜叉走吧，我們這些老房客，都是長住的，那些來來去去的短期房客，以後別再收啦。頂多我們每個月多貼補你些房錢，這幾年住下來，有些孩子都大了，也能幫你扛下一些工作，你考慮一下吧。」

酒老頭也沒理會，自顧自地喝光杯中的烈酒，順手又從櫃台底下撈出酒瓶，又斟了滿滿一杯。

一旁的鬼蜥眼尖，見到狄念祖下樓，立刻扯開嗓門朝他喊：「啊，這女人不就是那傢伙帶來的嗎？喂，新來的你給我說清楚，你到底想怎樣！」

「……」狄念祖沒有理會鬼蜥，而是走到月光身邊，問著月光：「妳到底對他們說了什麼？」

「我只是請大家讓阿囚留下……」月光像是有些委屈，她沒有與人爭辯的經驗，此時面對這番陣仗，一時間也不知如何是好，她僅能搗著糊糊的嘴，叮囑糊糊別胡亂罵人。

「妳這女孩子知不知道自己的身分？」又一個樣貌怪異的傢伙朝著月光嚷嚷，他的臉孔呈不自然的長方形，像是脖子上接著一個大麻將，兩眼分得極開，鼻子也比常人小些，嘴巴倒是挺大。他說：「這個地方的規矩，一向是讓所有人表決，大家從沒見過妳，妳來多久啦？妳通過表決了嗎？我怎麼沒看過妳？」

鬼蜥嚷嚷著：「她今天才來的，根本沒和大家打過招呼。她是這小子帶來的，這小子也沒和大家打招呼。本來我們與他說好，贊成讓他留下，條件是他得和大家站在同一邊，誰知道他帶回來這女孩倒是和大家唱反調。」鬼蜥這麼說的同時，還伸手指著狄念祖。

狄念祖本來想在大家面前責備月光幾句、做做樣子，但他見鬼蜥那手指伸得離他極近，幾乎就要戳在他臉上，讓他感到一股莫名怒火直衝腦袋。他大力撥開鬼蜥的手，大聲說：「這個地方既然讓大家表決成員去留，又何必害怕討論？沒有經過討論，又怎麼知道自己究竟表決了什麼狗屁？」

他見鬼蜥瞪大眼，像是料想不到自己敢回嘴，他繼續說：「我付三晚的錢，先住三天，沒惹事就住三週，這規矩是老闆說的，不是我說的，我惹事了嗎？月光惹事了嗎？樓上那連門都不敢踏出來的傢伙惹事了嗎？收錢不做生意是老闆的問題，不是房客的問題。如果你們怕被連累、怕惹麻煩，想趕人走，那也無所謂，就是別擺出我對不起你的嘴臉，我可沒欠你什麼！」

狄念祖說到後來，幾乎就是衝著鬼蜥說，還補上一句：「你以爲我希罕當你鄰居啊，早我幾天逃難到這裡，就這麼値得你得意嗎？」

狄念祖這麼說的同時，也以牙還牙地伸出手指，指著鬼蜥眉心，他的個頭比鬼蜥高出許多，這態勢讓他看來威風凜凜，反倒把鬼蜥逼退幾步。

「喝……」鬼蜥一雙青溜眼瞪得更大，腦袋晃了晃，化成一顆蜥蜴腦袋，他像是想反駁些什麼，但突然眼睛一瞇，向前猛一竄，一把掐住狄念祖的頸子，將他高舉起來。

「哈！」鬼蜥本來滿腔怒火，但當他見到狄念祖這麼輕易就被制住時，陡然大笑，嚷嚷喊著：「你這新來的傢伙大言不慚，原來是隻弱雞，我還以為你有什麼本事……啊！」

鬼蜥還沒說完，手腕已被月光一把扣住，他只覺得月光的握力極大，將他高抬起的手硬壓了下來，這才讓狄念祖的雙腳又踩回地上。

「要打架啦——」不知哪兒揚起的叫囂聲，大夥紛紛退開，有些人露出害怕的模樣，抱起一些年紀較小的孩子，往後方的活動室退去，但更多人倒是一臉期盼地想要看場好戲，雖然退到角落，但紛紛交頭接耳，一副引頸期待的模樣。

「大蜥蜴，你想對狄做什麼？你快放手。」月光皺起眉頭，顯露怒意。

「你這醜恐龍，你弄髒我們公主的飯了！」糊糊見月光發怒，也尖吼一聲，說打就打，甩出一條黏臂重重抽在鬼蜥腿上，將鬼蜥抽得單膝跪下。

「嗚哇！」鬼蜥像是疼痛極了，這才鬆開抓著狄念祖頸子的手。

「呀——」又一聲尖叫響起，一個臉上布滿青鱗的女人從人群中奔出，揚長了右手要抓月光的肩，月光立刻扔下鬼蜥，同時閃過青鱗女人的攻擊。

青鱗女子可不罷休，五指張得極開，倏倏兩巴掌搧向月光，但月光動作更快，隨意便閃過了。

「喝，青蜥最得意的搧巴掌沒搧著，好難得啊！」有人起鬨鬧著，這青蜥是鬼蜥的情人，身上也帶著蜥蜴的基因，她不像鬼蜥的腦袋會隨意在人和蜥蜴間變化，而是渾身皮膚長著青鱗，無法隱藏，一生起氣來，那些青鱗就會片片豎起，且變成嚇人的紅色。

青蜥連續幾巴掌都打不著月光，突然轉身一反手，賞了狄念祖一耳光，將狄念祖打倒在地。

「那新來的到底是誰啊？」「這麼不禁打，是個純種人類吧。」「純種人類爲什麼來這兒和我們搶房間啊？」房客們起鬨著，都對大放厥詞但不堪一擊的狄念祖發出嘲諷的噓聲。

「唔……」狄念祖摀著嘴，臉頰讓鬼蜥那麼一掐，幾乎要脫臼，加上青蜥一耳光，讓他疼痛極了，此時一句話都說不出來，十分狼狽。

青蜥像是還想追打，但月光已繞到她身後，青蜥反手又朝著月光甩了幾巴掌，仍然沒打著，氣得臉上的豎鱗醬紅一片，朝著鬼蜥大吼：「幫忙！」

「喔！」鬼蜥像是也被青蜥的吼聲嚇著，立刻跟上，和青蜥一左一右圍攻起月光。

另一頭狄念祖被貓兒拉到角落，貓兒替狄念祖揉揉下巴，皺著眉問：「你們是怎麼一回事？我們不是都說好了，隔天一致反對讓那夜叉留下？現在怎會搞成這樣？」

「嘖……」狄念祖無奈地說：「她覺得夜叉可憐，想替他說情。她是她、我是我，我可沒反對妳們的提議啊。何況她也只是說說，討論一下不行嗎？是那隻死蜥蜴比較渾蛋吧，講兩句就動手，他到底看我哪裡不順眼，我有得罪他嗎？」

「他的個性本來就這樣……」貓兒盯著月光，突然有些疑惑，便問：「你這朋友究竟是哪來的？她……」

「什麼？」狄念祖呆了呆，不明白貓兒爲什麼這麼問，只見月光身形靈巧，忽左忽右地避開鬼蜥和青蜥的聯手襲擊，便說：「我昨天才認識她，也是從藥廠逃出來的，說什麼要找王子，硬要我當她的飯，供應她營養。媽的，我到底造了什麼孽？」

「找……王子？」貓兒先是有些訝異，接著靜默不語地望著月光，表情變得複雜而深沉，像是一時間想起許多不願回想的往事。

「好了，我不想和你們打架。」月光拎著糨糊、挾著石頭，左右閃避，她見兩人逼得太緊，便高高跳起，跳入櫃台後方，落在躺椅旁，對酒老頭說：「老闆……你是老闆嗎？我不想和他們……」

月光還沒說完，只聽見一聲巨吼，一片黑自她眼前展開，一張血盆大口迎面襲來——

是那隻黑毛大狗。

「不要！」月光駭然大驚。

「嘶——」所有人全都睜大眼睛，屏息看著櫃台後方那小小空間內的瞬間變化——只見月光一手架著糨糊，一手緊抓著石頭，糨糊身上伸出數條黏臂，捆起撲向月光的黑毛大狗，石頭的身體則化成尖錐，直指那高高立起的黑毛大狗的心窩。石頭的身子猶自抖動著，若不是月光即時挾緊石頭，此時黑毛大狗的胸口恐怕就要破出一個窟窿。

黑毛大狗此時的模樣看來也十分奇異，除了骨架倍增、體型變得巨大，一張大嘴更是嚇人，口中有三排利齒，如同鯊魚。

「你是什麼怪物啊，還不快滾，要不是公主阻止我，我和石頭已經把你殺了！」糨糊被月光揪著，還不停破口大罵。

「我只是嚇嚇你們，眞要動手，你已經被我宰了。」黑毛大狗將腦袋湊近糨糊臉孔，嗅了嗅糨糊，朝他噴了口氣。「還不放手？」

「少吹牛，我才不怕你！」糨糊雙腳亂蹬，又要揮出更多黏臂攻擊大狗，但立刻被月光對著腦袋敲了一下，他呆愣愣地回頭，見到月光怒瞪著他，不禁嚇了一跳。

「糨糊，我叫你不要罵人，你就是不聽。你現在越來越不聽話，我眞的生氣了。」月光低聲斥責。

「嗚……」糨糊先是呆了呆，接著身子一軟，纏著大黑狗的數條黏臂一下子鬆垮下來，身子一併癱落，像是一灘打翻了的稀飯，嗚嗚哭了起來。

「小丫頭，妳身手不錯。」黑毛大狗哼了哼，也化成原形，走回酒老頭身旁伏下，疲懶地說：「和妳打個招呼而已，妳可別嚇著啦。」

「哼。」酒老頭倒是冷笑兩聲，坐了起來，將酒杯重重放上櫃台，斜眼瞅著大黑狗，說：「老黑，你想嚇嚇小丫頭，沒料到人家那麼厲害，吃癟了吧。」

大黑狗別過頭，嘿嘿笑著說：「你老終於說話啦，我還以爲你喝酒過量，喝成啞巴啦，你早點開口，大家也不用擠在這裡吵成一團啦。」

「是嗎？」酒老頭拿起遙控器，關了電視機。

酒老頭這動作，可讓附近房客們全倒吸了口氣，紛紛向後退得更遠。

「啊呀……」貓兒也不禁有些訝異，她拉起狄念祖，也向後退開，低聲在狄念祖耳邊說：「酒老頭的電視機長年開著，上次他關電視時，殺了兩個在這鬧事的傢伙。」

「什麼！」狄念祖大驚失色，推開兩個擋在他前頭的房客，想替那不知好歹的月光說幾句話緩緩頰，但一時間又不知該說些什麼。

「這地方是我家，是我的地盤。」酒老頭伸了個懶腰，目光掃過大廳所有人，緩緩地說：「我想說話就說話，不想說話就不說話，我要看電視就看電視，想喝酒就喝酒，想做生意就做生意，不想做生意自然會把人轟出去。現在這麼多人圍著我，反客爲主，教我怎麼做生意啦。」

「老酒鬼，你這麼說就不對啦……」一個傴僂老者清了清嗓子，說：「你把咱們說成像是不請自來叨擾你啦，好歹這兒所有人都有付房錢，你這地方能安穩經營，也不是你一個人的功勞，是整個華江賓館裡的房客都懂得自律，不惹是生非，你這塊招牌是大家一起擦亮的，讓大家表決彼此去留這規矩，也是你自個兒訂下來的。」

「我沒說不照規矩走啊。」酒老頭聳聳肩，又在杯中倒了些酒。「既然要照規矩，這麼多人想趕一個人，時候到了大家表決不就得了，這兩天圍在我旁邊吵吵鬧鬧，又有什麼意思呢？那小子說得沒錯啊……」酒老頭說到這裡，指著狄念祖，說：「有什麼意見提出來大家討論嘛，想打架滾去外面打，一整天吵我看電視，吵得我都煩了。」

「好好……」那傴僂老者轉身朝著房客們揮揮手，嚷嚷著：「聽到沒有，時間到了大家才來表決這幾個新朋友的去留，別在這惹老酒鬼生氣啦。」

大夥兒聽那傴僂老者這麼說，便全往活動室退。鬼蜥經過狄念祖身旁時，還用肩頭頂狄念祖一下，惡狠狠地瞪他一眼。

「……」狄念祖朝身旁的貓兒作了個鬼臉，上前幾步，向月光招著手，低聲喊著：「妳還不回來！」

月光像是也察覺到氣氛尷尬，向酒老頭鞠了個躬，朝著猶自癱在地上啜泣的糨糊喊著：「糨糊，走了。」

「公主偏心……明明是那臭狗過分……牠想傷害公主，我幫公主打牠，公主還打我……」糨糊哭得涕淚縱橫，但還是搖搖晃晃地站起，哭哭啼啼地跟在月光身後，拉著她的衣角。

「我不是臭狗，我叫黑風。」大黑狗伏在一旁，朝著糨糊打了個哈欠。

「誰理你啊！」糨糊回頭哭罵，又被月光摀住嘴，拉著往電梯方向走。

「小丫頭，等等。」酒老頭端著酒杯，喝了一口，緩緩呼出一股暖氣。

月光站定身子，回過頭望著酒老頭。

「妳有副好心腸，這不錯，但這個地方是有規矩的。妳想長待在這裡，就要遵守這裡的規矩。」酒老頭這麼說，又斟了杯酒，悠哉地躺回躺椅。

月光不解地問：「如果……是壞的規矩，住在這裡的人，也一定要遵守嗎？」

「規矩是大家一起訂的，沒有人會訂對自己不好的規矩，所以這兒的規矩，至少對大多數人而言是好的。」酒老頭啜飲了一口酒，淡淡地說。

「可是……」月光似乎仍有些無法理解，本來還想再問，但狄念祖已將她往電梯的方向拉，還低聲對她說：「別再說廢話了！」

「好好好，大家都守規矩，酒老，你也別煩了，來來來，我幫你把電視打開，你繼續看。」那大嬸笑嘻嘻地要替酒老頭開電視，卻被酒老頭按住手。

「哈哈，花嬸……」酒老頭笑著搖搖頭，說：「我不是因爲你們才關電視，是外頭來了客人。」

「嗯？」花嬸愣了愣，望向大門。

本來被狄念祖拉到電梯旁的月光，也像是突然警覺到什麼似地，轉頭緊盯著大門。

酒老頭微微笑著，再次將酒杯注滿烈酒，還對身後的黑風比了後退的手勢，淡淡地說：「老黑，穩著點，別那麼躁。」

那叫作「黑風」的大黑狗，此時面貌比剛才可要凶狠太多，牠的胸膛快速鼓脹，肋骨隆起，起伏不定，像是隨時要衝出大門，將門外的傢伙咬成碎片。

「唔……唔唔……」糨糊也止住哭泣，掙脫月光落在地面，又伸出數條黏臂，像隻蓄勢狩獵的章魚；石頭則乖乖蹲伏在月光肩上，他那圓鈍的腦袋又化成尖錐狀，像是隨時準備衝刺突擊。

「別看了，快走。」貓兒快步上前，拉著月光和狄念祖往後退，退入活動室外的曲折廊道，同時揮著手，將幾個把頭探出活動室的小孩們全都趕了回去。「沒你們的事，快進去！」

叩、叩、叩──

叩、叩、叩──

大門傳來響亮的敲門聲。

「營業時間，自己進來。」酒老頭打著哈欠回答。

大門喀啦一聲被推開，一個高大的傢伙走了進來。

那高大的傢伙身高超過兩公尺，身上披著黑色罩頭斗篷，連著一身漆黑色大風衣，頭上的斗篷蓋得極低，裡頭黑黝黝的，看不清臉孔。他望著酒老頭，冷冷地問：「你是這裡當家的？」

「是。」酒老頭把玩著手上的酒杯，隨意又喝口酒，接著向那高大傢伙舉起手中的酒杯。「你也要來一杯？」

「……」那傢伙搖搖頭，說：「不要酒，我來向你要人。」

「那是誰？」狄念祖隱隱也察覺到那傢伙身上散發出來的凶惡氣息，他緊張地轉頭問貓兒，卻見到貓兒身後又聚集了許多房客，那些房客此時神態已不像剛剛那樣像是看好戲地湊熱鬧，他們的神情大都是恐懼和憤怒，有些房客對著月光和狄念祖怒目而視，有些則恨恨地瞪視著大門。

「是夜叉！」貓兒皺起眉，眼神中閃過幾分惶恐，說：「真的找上門了，肯定是來找樓上那傢伙。」

「什麼？他們是來找阿囚？」月光有些訝異，想要上樓通知阿囚，又擔心反而打草驚蛇，一時間不知該如何是好。

大廳中，酒老頭用雙肘撐著櫃台桌面，懶洋洋地搖著手中的酒杯。「這裡的規矩你們應該知道，要走要留，我們的人會自個兒決定。」

「我現在就要。」穿黑色斗篷的大個兒緩緩地說。

「你上頭吩咐的？」酒老頭睨著眼睛瞧著大個兒。「這就怪了，如果是張經理的意思，他會直接打電話通知我；還是說……這是比張經理更高層長官的意思？就算是這樣，張經理更會直接吩咐我，我一定照辦，不會讓你這樣向我要人。」

「這是我們夜叉隊內部的事。」黑色斗篷的大個兒這麼說：「張經理我不熟，他怎麼吩咐與我無關。」

「哦。」酒老頭點點頭，歪斜著腦袋想了想，伸手拿起櫃台上那只老舊轉盤式電話筒，喀啦啦地轉起撥話盤。「我自己問他。」

斗篷傢伙伸手抓住酒老頭撥動話盤的手，阻止他繼續撥電話。

「吼……」黑風瞪大眼睛，咧開大口，往前站了站，準備動手，但被酒老頭抬手擋住。「黑風，穩著。」

酒老頭笑了兩聲，放回話筒，說：「老兄，你這是什麼意思？你不讓我問問上頭？」

「我的上頭只要我向你要人。」斗篷傢伙這麼問。「你交不交人？」

「後天中午，這裡的房客會自個兒決定新房客的去留，到時候那傢伙留不住，你儘管帶走；若是大家要留他，你也可以向張經理打聲招呼，張經理同意，你還是可以帶走他。」酒老頭說到這裡，頓了頓，望著自己枯瘦的手腕還被這傢伙緊緊抓著，繼續說：「你想要人，只有這兩個辦法。」

「我可以自己上去抓人。」斗篷傢伙說。

「你可以試試看。」酒老頭閉上眼睛，隨即又張開，瞳孔連同眼白全變得墨黑一片，他枯朽的身軀泛起灰褐色筋脈，手腕一震，震脫了斗篷傢伙的箝制。

「老頭，你想阻攔我？」斗篷傢伙問。

「阻攔你？嘿嘿……我會直接殺了你。」酒老頭眼中的凶光更加旺盛。「還有外面所有人。」

「哦——」斗篷傢伙像是沒有料到酒老頭會這麼回答，他深深吸了口氣，向後退一步，兩隻手微微向兩側抬起，寬大的袖口中露出白色長刃，那是他的指甲。

「嘿嘿！有話好說啊——」

一個戴著眼鏡的矮個子男人推門進來，他穿著高檔西裝，染著一頭金髮，連連搓著手，向酒老頭鞠了個躬。「酒老，這麼見外啊！」

「哼，原來是你。」酒老頭瞥了矮個男人一眼，皺皺眉，臉上的凶狠殺氣減退幾分，但仍直勾勾地瞪著那斗篷傢伙。

「三隊長，別失禮啦，收起來、收起來！」矮個男人轉頭朝喚作「三隊長」的斗篷傢伙搖了搖手，示意他將雙手上嚇人的尖銳指甲收起。

三隊長默然不語，雙手緩緩放下，像具死屍般一動也不動地靠牆站著。

「那臭矮子叫作『吉米』，他是個討人厭的馬屁精。」貓兒在狄念祖耳邊這麼說：「他是袁家老三身邊的走狗。」

「袁家老三，妳是說……常上電視那個袁燁？」狄念祖愣了愣，他知道聖泉藥廠袁大老闆有三個兒子，小兒子袁燁不像大哥和二哥那樣專營聖泉製藥本業，而是另外涉足演藝圈和娛樂產業，有自己的演藝經紀公司，旗下有不少當紅藝人，聖泉海洋公園便是由袁燁一手規劃打造出來的度假勝地。

「臭矮子和我有過節。」貓兒這麼說：「他可以私自調動夜叉隊和羅剎隊，幫他或袁家老三處理一些見不得人的事。」

「羅剎隊又是什麼？」狄念祖愣了愣，問：「妳知道的還眞不少。」

「羅剎隊和夜叉隊都是聖泉底下的爪牙。夜叉隊是聖泉藥廠正式狩獵部隊，任務是處理一些失控的新物種，羅剎隊則比較接近聖泉高層的私人傭兵，多半替那些長官們幹些見不得人的事。」貓兒嘿嘿一笑，同時瞅了狄念祖身後的月光一眼，嘻嘻笑著對狄念祖說：「我還知道更多事，或許還包括你那美麗小女朋友的來歷，有機會可以說給你聽。」

「呃？妳是說月光？」狄念祖愣了愣，連連搖手解釋：「她不是我女朋友，我只認識她兩天，我不會交一個把我當成食物的女朋友。」

月光低著頭，像是思索著如何助阿囚脫困，也沒留意狄念祖的話。糨糊仍守在月光身前，但一想起剛才受的委屈，又抽噎起來、抹著眼淚。

櫃台那頭，吉米繼續諂媚地搓著手，向酒老頭打躬作揖，嘻嘻笑著說：「就照酒老的意思，我後天來接人，不過這兩天，得勞煩酒老替我們看著那傢伙啦，我們的人會二十四小時守在外頭，如果酒老突然回心轉意，或是那傢伙惹了什麼麻煩，只要您說一聲，我們也會立刻出手幫忙，嘿嘿、嘿嘿……」

「……」酒老頭默然半晌，雙眼滿滿的黑逐漸退去，眼瞳又恢復成原本渾濁不清的模樣。同時，他身上的深灰色筋脈也逐漸消退；本來挺得筆直的身子也微微彎下。酒老頭抓起酒杯，緩緩轉身，又躺回躺椅上，還順手拿起遙控器，打開電視機，不再和吉米說話。

「你還有其他事嗎？」黑風仍維持著怪獸模樣，張著大口沉聲說著。「這兒是讓無家可歸者投宿的地方，你有財有勢又有靠山，和我們這種人窩在一起，也不會舒服吧，你可以離開了嗎？」

「嘿嘿，可以，當然可以。」吉米笑得十分燦爛，他拍拍手，轉過身，朝著三隊長搧搧手，說：「走了走了！我們別妨礙酒老做生意啦，後天下午一點，準時帶人。」吉米這麼說的同時，手機響了起來。他接起，講得眉開眼笑，電話那端似乎是他的情人，他一面講，一面推門出去。

三隊長跟在吉米身後，緩緩地問：「如果阿囚反抗……」

「格殺勿論。」

「如果其他人阻擾？」

「囉唆，別一直煩我，你不會自己判斷嗎？我都和酒老講好了，有人阻擾，那就是擺明作亂，直接按照我們的『銷毀規範』，格殺勿論——」吉米這句話講得十分響亮，像是刻意講給賓館裡頭的房客聽。

廊道正對著大門，吉米開門時，大家可都目睹外頭站著一整隊的斗篷夜叉，個個殺氣騰騰，像是等著大開殺戒，廊道這頭所有的房客們見到這陣仗，可是大氣也不敢吭一聲。

黑風等吉米離去後，默默地來到門邊，足足守了三分鐘，自門上的玻璃小窗向外窺視，直到外頭不再有動靜，這才變回大狗模樣，靜靜在門邊伏下。酒老頭則是自顧自地喝酒看電視，像是什麼也沒發生過。

大廳只有電視機的聲音，又過了幾分鐘，花嬸這才透了口氣，走到櫃台旁，輕輕喊著：「酒……酒老啊……這次是不是就這樣了結了？」

大嬸話剛說完，幾個像是賓館資深房客的傢伙，又圍到櫃台旁，彼此看了看，卻都不敢再囉唆什麼。

酒老頭大口喝乾杯中烈酒，接著長長吁了口氣，伸手抹抹臉，向花嬸和其他人說：「明天我會找個時間，和樓上那傢伙聊聊，給大家一個交代。今天晚了，我只想好好看個電視劇。」

「好……」「我們別煩酒老頭了。」「晚了，有什麼事明天再說吧。」

房客們紛紛退開，倒是有個揹著木刀的小孩，模樣看來只有十一、二歲，額頭上生著三支小角，來到大門邊晃了晃，透過玻璃窗賊兮兮地瞅著外頭，接著又抓起木刀，在大廳空曠處揮了揮，一副想打人的樣子。最後，他拉來一張板凳，擺在黑風身邊，抱著木刀靜靜坐著，像是在閉目養神。

「小次郎，你沒聽老酒鬼說的話啊，快滾回房間睡覺！」黑風仰起頭，朝身旁的小孩說著。

「上面沒人，我悶，活動室裡人太多，我煩，我想在椅子上睡，不行嗎？」小次郎這麼回嘴，還晃了晃手上的木刀，說：「如果半夜有什麼匪徒闖進來，我會打得他滿地找牙。」

「嘖……隨你的便，你要睡地上也不關我的事。」黑風吐了吐舌頭。

狄念祖遠遠地和小次郎對望一眼，只覺得這小孩性格乖僻，不免覺得有些好笑。他和貓兒道別，帶著月光搭乘電梯返回六樓。

他們來到各自房門前，狄念祖開了門，見月光還愣愣站著，便問：「怎麼了？」

「狄……我們眞的沒有辦法幫阿囚嗎？」月光哀傷地問。

「很多時候就是這樣，莫可奈何，妳想在人類社會裡生存，就要學會尊重多數……」狄念祖抓抓頭，敷衍地回答，卻又覺得這番話從向來偏執且激進的自己口中說出來，實在有些諷刺，他便補充：「就算妳心裡不願意，但有時形勢比人強，只好忍一忍啦，像我也不願意隨便被人當成飯，但妳力氣比我大，硬是要吃我，我能說什麼呢，我也只能乖乖就範，不是嗎？」

「唉……」月光一時間也不知如何反駁，嘆了口氣，落寞地帶著糨糊和石頭轉身回房。

CH03 果果

「小狄、小狄！」

「嗯？」狄念祖半夢半醒間，只覺得有個毛茸茸的東西不停拍著自己的臉頰。他緩緩睜開眼，房中一片漆黑；他又閉上眼，正想翻個身，卻感覺有東西自他身上躍下，他嚇了一跳，正要呼叫，突然醒悟那是隻貓；是傑克，他低聲問：「傑克？」

「是我！」傑克低聲喵嗚，說：「小心，別讓外頭的夜叉聽見了。」

「夜叉？」狄念祖揉著眼睛，迷迷糊糊地問：「夜叉怎麼了？」

「說來話長，我要向你道歉。」傑克繞到狄念祖臉旁，比手畫腳地說：「之前我沒有徵詢你的同意，就在你身上打了長生基因。因爲這件事，老大把我狠狠罵了一頓……老大的計畫被我搞砸了，唉，我好難過……」

「喔……」狄念祖伸出手，摸摸傑克的頭，隨口說：「知錯能改，善莫大焉啊……有什麼話明天再講吧……」

「不，老大要我誠心誠意向你道歉。」傑克躍上狄念祖的胸口，像是紳士般地向狄念祖鞠了個躬。

「好，我原諒你。」狄念祖說。「你可以讓我睡覺了吧，我這幾天都沒有好好睡過……」

「真的喔，你不能生氣喔。」傑克又問：「不然老大又要怪我了。」

「我沒生氣啦，你什麼時候變得這麼囉唆！」狄念祖有些不耐煩。

「水頭陀，你聽見了，他說不生氣的。」傑克低聲這麼說，接著躍下床。「可以動手了。」

狄念祖翻了個身繼續睡，突然覺得傑克這話大有問題，同時又感覺傑克鑽進他的被子裡，在他身子四周亂磨亂蹭，不知在忙些什麼，他急急地問：「你要幹嘛？」

「你說不生氣的。」傑克的聲音透過被子傳出。

「對啊，我沒生氣，但是你要幹嘛？」狄念祖正想掀開被子將傑克踢下床，突然一個黑影從他臉龐上方襲來，他的嘴巴被一雙小而粗壯的手緊緊地捏住了，是水頭陀。

水頭陀坐在狄念祖腦袋上方，此時他連頭帶身僅是一顆籃球大小，但那雙手仍十分粗壯，手掌一張，也有嬰孩大小，加上力大，像鉗子似地挾著狄念祖雙唇，讓他無法張口呼叫。

狄念祖駭然大驚，想要掙扎，卻發現自己的手腳漸漸綳緊，原來傑克在他被子裡亂鑽，是在用繩子綁他。

「因爲這次我們來得匆匆忙忙，沒有準備乙醚，怕你會痛……」傑克鑽出被子，和狄念祖面對面地說：「你痛就會大叫，你一叫外面的夜叉就聽見了。」

「……」狄念祖駭然大驚，卻完全無法動彈，只能眼睜睜看著傑克抓著一只針筒狀的精密儀器朝他一步步逼近。

「呼。」傑克站在狄念祖胸口上，彎下腰拍拍他的臉，說：「你說不生氣的喔，你不可以生氣，這針有點痛，但對你有好處。」

「狄公子，這是爲你好。」水頭陀也低聲幫腔。「綁著你，是怕你四肢痙攣抽搐，搥牆壁、踢床，發出太大的聲響，驚動外頭的夜叉，這樣會有危險。」

「！」狄念祖瞪大眼睛，奮力扭動身子，試圖出聲讓住對面的月光聽見，但傑克已經拉開狄念祖的衣領，舉起針筒，朝著狄念祖胸口扎了下去。

「唔——」狄念祖只覺得胸口傳來強烈刺痛感，還伴隨著一波波怪異的電擊感，電得他渾身發軟。

傑克一面緩緩將針筒中的藥液注射進狄念祖胸膛，一面說：「這東西有點老舊，會有副作用，本來已經淘汰了，但現在缺貨，這是沒有辦法中的辦法，你明白嗎？以後你會感謝我。」

狄念祖只覺得眼花撩亂，像是有無數的星星在他眼前飛舞，他的身子逐漸癱軟，四肢也不再施力掙扎，而是不由自主地顫抖起來。此時他倒不覺得痛苦，反而有種說不出的不對勁，似乎全身的力氣都消失了。

水頭陀這才鬆開雙手，不再掐著狄念祖的嘴。

「你……們……」狄念祖恍恍惚惚地問：「你們在我身上……做了什麼？」

「狄公子，這是『卡達蝦基因』，是主人吩咐我們替你注射的。你身上的長生基因雖然讓你擁有驚人的復元能力，但倘若你不具備保護自己的力量，那麼處境仍十分危險。」水頭陀這麼說：「當卡達蝦基因逐漸和你的身體融合之後，你的身體將會成為厲害的武器。這幾天你就會漸漸明白，我們會慢慢解釋給你聽，你先休息吧。」

「媽……的……」狄念祖恨恨罵著，只感到怪異感越來越強烈，眼前亂竄的星星早已變成了花花亂亂、飛梭四射的光芒和雜線，就像將臉貼在故障的電視螢幕上會看見的景象。他無力地閉上眼，仍感到四肢和軀體不停地抽搐打顫。同時，他也聽到傑克仍在他耳邊碎唸著一些瑣事。

「小狄，你知道外頭那些夜叉是來幹嘛的嗎？嚇死我了，怎麼會有那麼多夜叉，我們花了好大工夫才偷偷潛回來，要是被他們發現就慘了。幸好水頭陀的身體可以縮小，加上我演技好，僞裝成普通的貓，跳上窗臺、開窗進來，他們沒有發現我是世界上最聰明的貓——傑克先生。」

「對了，小狄，你這兩天跑哪去了，你都不知道我和水頭陀經歷多少危險，才把卡達蝦基因帶到你身邊，你要好好感謝我，知道嗎？」

「小狄，這裡有位貓女郎，你認識她嗎？她好美，我覺得我愛上她了。小狄，你有在聽我說話嗎？」

「小狄！你睡著了嗎？快醒過來，我還沒教你怎麼運用卡達蝦基因啊！」

「傑克，你別吵他，先讓他睡吧。卡達蝦基因完全融入肉體，至少也要花上兩三天，現在教他也沒有用，我們快回主人那吧。」

「好吧，小狄，你聽見了嗎？我和水頭陀有事得先離開，有時間再來看你，你要記住，這兩天別到處亂跑，你身體裡的卡達蝦基因還不穩定……知道嗎？」

□

「喂！起來啦，你要睡到什麼時候？快下去向大家打聲招呼，你到底想不想留在這裡！」

一連串年幼的叱喝聲將狄念祖驚醒。他睜開眼，見到一個舉著木刀的小男孩，扠著腰瞪著他，正是昨晚守在門口的小次郎。

「唔……」狄念祖這才想起今天是眾人表決他去留的日子。他試著坐起，卻覺得渾身使不上勁，花了大大一番工夫才撐起身子。

「狄，你怎麼了？你病了？」站在門外的月光見到狄念祖的模樣，連忙上前關切。

「不……」狄念祖望著窗戶，見到窗沿還留著一些貓毛，心中憤慨卻又不知對誰發作。他恨恨地說：「是我倒楣，是我命苦。」他邊說，邊強撐著身子想要站起，但雙腿一軟，撲倒在地。

「你怎麼啦？我告訴你，你別耍花樣喔，裝死也沒用！」小次郎用木刀輕輕戳著狄念祖，警告他：「之前有個到處惹是生非的傢伙想找酒老當靠山，被發現還裝可憐，賴在房間不肯走，被大家扔了出去。」

「狄……」月光上前扶起狄念祖，關心地問：「你昨晚怎麼了？」

「公主，飯可能擺太久壞了，不如早點吃掉吧，免得臭了。」

糨糊在月光身後，笑嘻嘻地看著狄念祖。昨天他被月光教訓的陰霾像早已一掃而空，和石頭一左一右地黏在月光身邊，他們的體型都回復不少，糨糊已有最初的三分之二大，石頭的體型也增長了一倍以上。

「說來話長，我活動一下應該就沒事了。」狄念祖對著小次郎這麼說，同時緩緩地甩著手，像個老人似地做起體操。

「好，你快點下來，大家都在等。」小次郎這麼說完便出了房，但卻沒直接下樓，而是來到６０４號房門外，大力敲起門，嚷嚷喊著：「裡頭的傢伙，酒老頭要你下去向大家打個招呼。」

小次郎一連喊了好幾次，卻得不到回音。他伸手開門，門上著鎖，他大力拍著門，喊著：「你不出來，是不是不想待下去啦！」

房裡突然傳出巨大的撞擊聲，接著是微弱的驚呼，那驚呼聲聽來竟像是個孩子。

「咦！」小次郎呆了呆，將耳朵貼在門上，見狄念祖和月光也向他走來，立刻對他們比了個「別出聲」的手勢。他聽了半晌，果眞又聽見裡頭發出微弱的孩童哭泣聲，同時還有另一個沙啞的說話聲。

「別……哭……果果……妳乖，妳躲著……我待會……回來……」那沙啞的聲音聽來十分虛弱。

「開門、開門——」小次郎大喊著：「你來時明明是一個人，你只付一個人的房錢，裡頭是不是還有別人，快出來，我要告訴酒老頭！」

門打開一條縫。

一陣腥臭自門內散出。

「噁——」小次郎被那股臭味逼得向後退開，但他同時有些傻眼。站在門後頭的，是個看來大約十歲的小女孩。

小女孩的模樣有些虛弱，一身衣物和頭臉上全是漆黑的髒污淤泥，但明顯像是刻意塗抹上去的。她兩眼浮腫，像是哭了很久，她害怕地對小次郎說：「我們不是故意要騙人……」

「阿囚？」月光好奇走來，見到小女孩，也有些訝異。接著她探頭往房裡看，只見阿囚伏在地上一動也不動，像是死了。她連忙奔進房裡，推推阿囚的肩頭。「阿囚？你怎麼了？」

阿囚的上身猶如被焚身似地焦黑一片，也看不出究竟是赤裸或穿著衣服。除此之外，身上遍布大大小小的傷口，有些已化膿發腐，房中的惡臭，便來自於阿囚這逐漸潰爛的身軀。

酒老頭很快便上來了，身後還跟著貓兒、花嬸，以及幾個看來在華江賓館中有一定地位的房客。

大夥你看看我、我看看你，都對這個突然冒出來的小女孩感到有些不知所措。傴僂老者望向酒老頭，問：「酒老，這傢伙前天投宿時就帶著這小孩？」

酒老頭搖搖頭，說：「他只有一人來，不過當時他一身大衣，身材臃腫，要把這小孩藏在衣服裡偷帶上來也不難。」

「這下可好了，那些夜叉要的是這傢伙，還是這小孩吶？」花嬸自言自語地說。

「不管怎樣，我先幫她洗澡，拿點東西給她吃。」貓兒向小女孩招招手，見她有些害怕，便上前牽著她，說：「妳餓了吧？」

小女孩抬起頭，望著貓兒，點點頭。

「妳……難道妳是果果？」月光這麼問，她說：「阿囚不是說將妳藏在其他地方嗎？怎麼……」

小女孩心虛地又垂下頭，望向他處。

「果果是誰？妳怎麼知道？」有個房客不客氣地問：「妳怎麼知道他們的事，妳和他們是一夥的嗎？」

「不是。」月光回答：「因爲我看他有些可憐，就和他說了些話。」

「說了些話？」那房客喝斥：「底下的人說好趕他出去，妳這新來的爲什麼和大家唱反調？」

「我……」月光像是想要回些什麼，但狄念祖在她身後拉拉她的袖子，示意她別多話，她便低下頭，不再理會那人了。

「抬他到下面去，幫他治療。」酒老頭指了指阿囚。

「酒老，你要救他？」花嬸像是有些猶豫，連忙說：「那些夜叉來要人，若這傢伙死了，便不關我們的事，不如……就讓他這樣去吧，如果真讓夜叉把他抓回去，他也是生不如死。」花嬸這麼說，又看看身旁的傴僂老者，問：「壽爺，你怎麼看？」

「嗯……」那叫作壽爺的老者瞇著眼，連連搖頭，說：「就怕他死得不明不白，那些夜叉會追究到我們身上……」

「對。」酒老頭點點頭，說：「不管如何，要弄醒他，問個清楚。」酒老頭這麼說，向幾個房客使了眼色，要他們去搬阿囚，但那些房客像是嫌棄阿囚身上的惡臭，你推我、我推你，就是沒有一個人願意上前。

「我來扶他好了……」月光走上前，想抬起阿囚。

「公主，我來！」糨糊立刻攔住月光，伸出黏臂、捲上阿囚、將他提起，還轉頭對月光說：「這個髒髒臭臭的傢伙妳不要碰，讓我來就好了。」

CH04 和室裡的小會議

洗完澡的果果換上了乾淨衣物，她的頭髮極長，垂到膝蓋，臉蛋小巧白皙，此時默默坐在桌前，低頭吃著桌上一堆糕餅。

一群小孩圍著她，有些伸出手像是想要偷摸她白嫩的臉蛋。

「幹什麼！」小次郎朝著那些胡亂伸手的小孩喝斥一聲，嚇得小孩立刻縮回手。

一個綁著兩尾小辮子的女孩立刻對小次郎說：「你凶什麼凶，大家和她玩玩不行嗎？」

「酒老頭要我看著她，你們給我滾遠點。」小次郎抓著木刀，在幾個小孩的腦袋附近晃了晃，說：「誰再來，我就要斬他。」

「臭屁！」「我看小次郎是瞧人家長得白，愛上人家了。」一群小孩起著鬨，嘻嘻笑著。

「剛剛那句話是誰說的！」小次郎似乎被惹怒了，高高舉起木刀，怒眼圓瞪，當真要打人了。

「好了，你們到別處玩去。」壽爺、花嬸、貓兒和酒老頭一一走進這小小的和室，在果果身旁圍成一圈，紛紛坐下。

本來月光地位不夠，沒資格和大家開會，但房客中只有她願意幫阿囚清理傷口，此時便也負責照料奄奄一息的阿囚。她和狄念祖一前一後，抬著糨糊和石頭變成的擔架，將阿囚抬入和室，放在果果身旁。

狄念祖本來沒這閒情逸致當義工，但他見鬼蜥老是賊頭賊腦地遠遠盯著他，一副想等他落單找他麻煩的鬼祟樣子，也只好寸步不離月光，陪著她一同伺候阿囚。

小次郎則是一副老氣橫秋的模樣，將木刀扛在肩上，威風凜凜地盤腿坐在門口正中央，不讓其他人進入和室。

阿囚此時已清醒，由於全身上下沒一處完好的地方，因此被包裹得像是木乃伊。他的雙眼緩緩轉動，見到酒老頭，便使勁想要掙扎起身。

變成擔架的糨糊和石頭瞧見月光使的眼色，便靈巧地變化身形，從擔架變成躺椅，且椅背還緩緩升起，將阿囚的上身緩緩推高，使他呈坐姿。

「哦，妳這兩個小朋友挺有趣的。」貓兒見到糨糊和石頭能夠自由變化形體，不禁嘖嘖稱奇。

「我們很厲害的。」糨糊的兩隻眼睛本來掛在椅墊靠近月光那一側，一聽見貓兒稱讚他倆，便將眼睛移向貓兒那側；椅墊上長出了一個五角小糨糊，向貓兒敬禮。

「謝……謝……」阿囚望著酒老頭，緩緩地說。

「別囉唆了。」酒老頭揮揮手，單刀直入地問：「我問什麼，你回答什麼，若是讓我發現你說謊，我就直接請外頭的夜叉來問你了。」

「他們……」阿囚聽酒老頭提起外頭的夜叉，似乎有些驚懼，但他在接受治療時，便已聽月光和狄念祖略微提過昨晚的事，因此心情上也有些準備。儘管他喉頭疼痛，仍啞著嗓子急道：「酒老闆，我聽說過你……我知道你是個講義氣的大好人……我……」

「嘖！」酒老頭皺了皺眉，顯得十分焦躁，他說：「別說這些狗屁！什麼大好人、重情義，我最恨人對我說這些，我見過太多這樣的傢伙，出張嘴捧別人做聖人簡單，流血流汗自己幹活才辛苦。好或壞，應該自己承擔，別把責任推到他人身上！」

「老闆……說得是……」阿囚被酒老頭這麼訓斥，一點也沒有要反駁的意思，他咧開嘴笑了笑。「好人……真的不好當。」

「你是夜叉？」壽爺問。

「對……」阿囚點點頭，回答：「我是第三隊的夜叉……」

「服役多久了？」酒老頭問。

「六……不，有七年了。」阿囚想了想，答道。

「有那麼久？夜叉隊不是這三、四年才有的東西嗎？」花嬸打岔問。

「以前夜叉不叫夜叉，有其他稱呼，不過工作內容差不多，專門暗殺一些失敗品和反對者。」貓兒呵呵一笑，淡淡地說：「以前他們叫我們『廢棄物』、『失敗品』、『沒價值的垃圾』，現在他們替我們取了正式的稱呼，叫作『棄民』，又把從前那些殺手怪物組織化，取些『夜叉』、『羅剎』之類的響亮名字。這麼一來，好像就顯得有點文化了。殺手升格成神的使者，失敗品變成違逆神的惡鬼，說不定過了幾千年，人們會把這段骯髒的過程，寫成一篇偉大的史詩傳說呢。」

「別說這些無關緊要的話了……」酒老頭無意聽貓兒大加議論，繼續問：「那小女孩究竟是誰？你可別說是付不起房錢才藏著她進來，到底夜叉隊要的人是你還是她？」

「我想……他們應該兩個都要……」阿囚茫然地望著天花板，說：「他們不會容許一個……失敗的夜叉……存活在世上……」阿囚望了果果一眼，繼續說：「果果的媽媽，是個很美、很美的女人……呵呵……」

阿囚說到這時，眼神有些迷濛，露出些許笑意，像是跌入短暫而美好的回憶中。他聽見酒老頭咳嗽幾聲，知道現在可不是沉醉的時候，便繼續說：「她媽媽曾在吉米先生身邊擔任幾個月的私人祕書……我們都不知道她眞實的名字和身分，只知道吉米先生叫她蜜妮……蜜妮本來是純種人類，但吉米先生破例讓她進入實驗室，進行『重生儀式』……在那段時間裡，吉米先生上哪都帶著蜜妮小姐……但不知道爲什麼，有一天吉米先生將蜜妮小姐軟禁在他私人行宮的地下室裡。」

「而我……就是負責看管蜜妮小姐的守衛之一。」阿囚這麼說。

「然後呢？」糨糊突然說話，立刻被月光掩住嘴。月光對他皺皺眉，比了個「不能說話」的手勢。

「我日夜陪伴在蜜妮小姐身邊，照料她的日常起居，蜜妮小姐開始變得悶悶不樂，起初她會對我們發脾氣……但有時……她又對我們……尤其是我……挺溫柔的……」阿囚說到這裡，不好意思地笑了笑。「她……她……蜜妮……」

「所以你愛上她。」狄念祖問：「你搞上你老闆的女人。」

「不……不不……」阿囚像隻被踩著尾巴的貓似地顫抖起來，他不停搖頭、揮手，但很快便放棄抗辯，說道：「我……我不懂什麼是愛……這是愛嗎？我只是覺得……蜜妮小姐很好看、很美麗，我只是……不想見到她傷心……我希望她能長長久久地活著……除此之外，我並沒有特別的意思……」

「你的意思是她的生命受到威脅？而且威脅來自吉米先生，所以你背叛吉米，帶著那位蜜妮小姐逃出那個地方？」狄念祖這麼問，儘管他在這地方只是新來的菜鳥，本來沒有什麼發言立場，但畢竟他腦筋轉得快，問題句句切入核心，因此大夥兒也並未干涉狄念祖的插嘴——除了糨糊之外。

「飯，閉嘴！這裡沒有你說話的份！」糨糊大聲喝斥，還伸出一條細細的黏臂，狠狠朝著狄念祖大腿抽了一鞭。

「糨糊！」月光低聲對糨糊說：「你不要說話，也不可以打人！」

「為什麼飯可以講話我不能講話？」糨糊瞪大眼睛，委屈地問。

「因為……」月光見到酒老頭等人都望著她，又見到狄念祖摀著被鞭打的大腿，惡狠狠地瞪著她，不免尷尬極了，她連忙說：「對不起，吵著大家了，我帶他們到外頭好了。」月光邊說，便邊要起身；但她見阿囚身子虛弱，像是隨時需要有人照料，一時間不知該如何是好。

「這樣好了。」貓兒搖搖頭，笑著從一旁拿幾張坐墊到阿囚身旁，說：「讓他枕著這個，這兩個小朋友別當椅子了，我帶他們去外頭玩，妳可以在這裡照顧這位夜叉。」

「啊，眞的可以嗎？可是……」月光這麼說，又有些猶豫，她知道糨糊的個性頑劣，絕不會服從自己之外的人。

「妳放心，這兩個小朋友很可愛，我對他們很感興趣。」貓兒呵呵地笑，伸出手，在小糨糊腦袋上摸了摸。

「公主，可以嗎？」糨糊望著月光，一副「不想當椅子，想出去玩」的模樣。

「好，你們和姊姊出去，但要聽姊姊的話，不可以頑皮。」月光趕緊點點頭，倘若糨糊願意這樣，那是最好不過了。

「他身體好臭，當他的椅子實在很不舒服！」「嗯……公主……比較香。」糨糊和石頭聽月光這麼說，立刻變形，月光也立刻扶住阿囚，替他挪移身子，又墊了些坐墊在他腰後，讓他坐得舒服些。

「你們慢慢聊吧，坦白說，我實在沒辦法和夜叉同處一室，況且他的故事實在相當無聊，哈哈。」貓兒這麼說完，伸個懶腰，朝著糨糊和石頭招招手，說：「來，和姊姊出來玩，我們來玩鬼抓人。」

「鬼抓人？什麼是鬼抓人？」糨糊迫不及待地隨貓兒走到門口，又轉身看了月光幾眼，向月光連連搖手，喊著：「公主，我們很快就回來。」

「夠了沒啊！」一直守在門口的小次郎忍不住出聲抱怨：「要滾快滾，不要一直說廢話，女人和小孩就是這麼麻煩！」

「嗯。」狄念祖點點頭，對小次郎豎了豎大拇指表示贊同，但他見小次郎望了他一眼，便不屑地撇過頭，覺得有些自討沒趣，只好不太爽快地抓抓鼻子。

「你也是小孩。」貓兒嘻嘻笑著，牽著糨糊、抱著石頭繞過小次郎，還拍拍小次郎的頭。

「別隨便摸我的頭！」小次郎生氣地撥開貓兒的手。

「你繼續說吧。」酒老頭深深吸口氣，大力扭開瓶蓋倒酒的模樣，讓大家都知道他的耐性已到達極限。

阿囚便也強忍著身體上的疼痛和不適，恭敬說著：「就是……和這位仁兄說得……

差不多……有天晚上，我帶著她和果果逃出那個地下室。我知道我那些夜叉兄弟們的厲害，每晚我們都躲藏在不同的地方……」

「最後……蜜妮帶著我和果果回到她們以前的家。」阿囚呆愣愣地望著天花板上的日式燈飾，發了好半晌呆，他的靈魂彷彿回到那段時空，即便酒老頭和壽爺再怎麼清嗓子，他都像是沒聽見。

「那是我這一生……」阿囚的聲音有些哽咽，但臉上的神情洋溢著滿滿的幸福。

「……最美麗的時光。」

「你們在那裡待了多久啊……」花嬸這麼插嘴問，她本來對阿囚十分忌憚，但此時倒聽得挺入戲，迫不及待想知道接下來發生的事。

「兩天。」阿囚答：「然後……我那些夜叉兄弟們……就找上門來了……」

阿囚說到這裡便垂下頭，神情轉爲黯然，彷彿從天堂跌入地獄，緩緩地說：「我一個人……打不過三個夜叉，我保護不了蜜妮，她被我那些夜叉兄弟殺死了……我那時死命帶著果果逃出她們的家。我在那兩天中……答應過蜜妮，不論如何要保護果果，我會讓果果平平……安安……」

「你爲什麼找上這裡？」壽爺問：「你應該知道這地方專門收容你們口中的『棄民』。而這些棄民正是以前被你們追殺到走投無路，才會窩在這裡，過著關在囚牢般的生活。」

「我……我知道……但我無路可走了……我也是個失敗品……我沒能完全服從，我是個失敗的夜叉……我知道我們夜叉隊從前幹過的種種事情……那些事情我也有份，我不會逃避……我不會求你們原諒我……但是……果果她是無辜的，她和她的媽媽一起接受了『重生儀式』，她不再是純種人類了，她……應該也成爲你們的一份子了。你們可以不管我，但我懇求你們……收留果果，讓她待在這個地方……」

「你說得簡單，那些夜叉隊如果眞要你和這小孩，又怎會只帶你走，將她留下，他們要不到人，是不會善罷干休的。」壽爺這麼說。

「不……我騙了他們，逃亡途中，我曾制服一個追捕我的夜叉兄弟，我逼迫他放出假消息，讓他們以爲果果不在我身邊，他們以爲我將果果藏在隱密的地方……這就是……爲什麼我起初來時，沒有老實向酒老闆你坦白……我只想盡量掩人耳目……」

阿囚這麼說。他見酒老頭的目光嚴峻，便急急解釋：「酒老闆，我向你保證，明天一到……我會乖乖隨他們走，我會帶他們去找果果，我想我會死在途中，他們永遠不會找到果果……」

「說得輕鬆。」壽爺大搖其頭。「你把夜叉隊想得太無能了，他們豈會這麼容易上當……不，我看你心底根本就不是這麼想，你曉得這老酒鬼嘴硬心軟，你怕一開始就帶個麻煩進來會碰釘子，所以故意隱瞞，想拚個生米煮成熟飯。你曉得只要讓小孩在這兒硬待上一段時間，找些機會和其他孩子或是些心腸軟的婆婆媽媽混熟了，大夥兒便也不忍心趕人了。」

「我……」阿囚茫然地望著壽爺，苦笑道：「其實……我沒想得這麼遠，但如果我想到了……我確實也會這麼做……我……我只希望果果能平安……」

果果默默吃著餅乾，一片接著一片，像是眼前大家討論的話題和自己一點關係也沒有。她的臉上幾乎看不出任何表情。

「現在可怎麼辦吶……」花嬸嘆口氣，望了果果一眼，再望向阿囚，皺著眉說：「你這夜叉，就算明天被人大卸八塊我也不痛不癢，但這小孩可好了，她怎麼辦吶，我們可不能收留她一輩子啊，你那些夜叉兄弟肯定不會善罷干休……唉……我看……我看還是得將這小孩送走啦……」

「酒……酒老闆，我求求你，你不必讓她待太久，只要熬過這風頭，送她去『三號禁區』，那兒的人一定會願意收留她……」阿囚急急地哀求。

「是啦，如果是三號禁區的麥老大，一定會收留這小孩。」花嬸點點頭，像是贊同阿囚的意見。

「你瘋啦，要是讓那些傢伙知道我們和三號禁區的人有往來，整個華江賓館都會被剷掉啦。」壽爺瞪大眼睛斥罵阿囚，花嬸也有些動搖。「這倒是……」

「這……這……」阿囚奮力地撐起身子，坐姿改成跪姿，正對著酒老頭，重重地磕起頭。「我拜託你，酒老闆，我求求你，果果她是無辜的！」

「……」酒老頭閉上眼，輕輕揉著太陽穴，好半晌才開口：「你明天就和他們去吧。」

阿囚有些欣喜地問：「酒老闆……你的意思是……」

酒老頭指指果果，對著阿囚說：「我會替你照看她一段時間，三號那裡我也有些認識的人，等這幾天風頭過了，我試著聯絡看看，但我不保證一定成。要是不成，你別怪我、小孩也別怪我。」

「我……我知道了、我知道了……謝謝酒老闆、謝謝酒老闆！」阿囚又要磕頭，卻被月光拉住。「阿囚，你別撞地板了，再撞你就要死了……」

酒老頭也不理會阿囚，自顧自地站起，正轉身想要走，突然像是想起什麼，指著狄念祖，問花嬸和壽爺。「你們覺得這小子怎樣？讓不讓他繼續住？」

「我沒意見，我和他不熟。」花嬸連看都沒看狄念祖一眼，而是望著果果發愁，一副心疼又怕被牽連的模樣。

「你自個兒決定吧，你連夜叉都幫啦，我也不信你會趕這小子走。」壽爺一面起身，一面無奈地搖著手往外頭走。

「你呢？小鬼，你讓他住嗎？」酒老頭這麼問小次郎。

「不關我的事。」小次郎哼了哼，也起身要離開，離開前還偷望果果一眼。

「我贊成讓狄留下，狄是好人！」月光這麼喊。

酒老頭只是瞅了月光一眼，也沒理她，而是向狄念祖招招手，說：「小子，隨我來。」

CH05 卡住

狄念祖跟在酒老頭身後走出和室，酒老頭帶著他在廊道和活動室繞了繞，逢人就問讓不讓他住，當中有些房客對昨晚狄念祖引起的騷動還記憶猶新，並表示反對。

「這傢伙沒能力又麻煩，讓他住對大家都沒好處，應該把房間留給有能力的人。」有人這麼說。

「他平時不和大家打招呼，挺囂張的，我不喜歡他。」也有人這麼說。

「要是在外頭讓我碰到這小子，我肯定會……哼哼……嘿嘿……」鬼蜥瞪著一對賊兮兮的眼睛，在狄念祖身上胡亂轉著。鬼蜥的情人青蜥則餘怒未消地瞪著狄念祖。「他女人……可惡，我恨……他們留下，我就走！」青蜥似乎不太能說人話，講起話來結巴古怪。

「嗯……你們自個兒考慮吧。」酒老頭點點頭，領著狄念祖又去問其他人，儘管有些房客對狄念祖仍抱持敵意，但更多房客都放棄表達意見，只說讓酒老頭決定。有些房客則直言說：「酒老，我們可不是鐵石心腸，讓這小子和他女人住都不成問題，但那夜叉千萬不能留啊……」

他們來到後門外的死巷子，朝貓兒喊了一聲。「妳讓不讓他住？」

「讓啊。」貓兒正和糨糊躲在角落一個大簍子後，石頭臉上蒙著一條布，被遮住了眼睛，正搖搖晃晃地在空曠處摸摸找找，一旁還有幾個小孩，掩著口竊笑。

「好，再讓你住三週，以後的事以後再說。」酒老頭清清嗓子，似笑非笑地望著狄念祖。「本來我覺得你小子一副很會惹事的模樣，但你似乎沒有惹事的本領，這也好，嘿嘿、嘿嘿……」酒老頭說完，便轉身走了。

「……」狄念祖望著酒老頭的背影，總算知道所謂的表決，便只是這麼徵詢大家的意見，沒有正式的計票也沒有肅穆地開會，眞正的決定權還是在酒老頭身上，也難怪大家要趕阿囚，得這麼大費周章地串連甚至集體離房抗議了。

「你們繼續玩。」貓兒對糨糊這麼說，起身走向狄念祖，問他：「結論怎樣？」

糨糊嘻嘻一笑，伸出一條黏臂，伸到石頭腦袋上方，同時他將嘴巴移到那黏臂上，對著石頭說：「我在你背後。」

石頭連忙轉身亂抓，卻什麼也抓不到，四周的小孩見石頭這傻愣模樣，都被逗笑了，卻又不敢笑出聲。他們掩著嘴，躡手躡腳地在石頭身旁繞來繞去，有時輕輕喊他一聲，便又立刻跑遠，不讓石頭抓著。

一旁，貓兒聽狄念祖說了酒老頭的決定，默然半晌，淡淡地說：「也只能如此了。」

「三號禁區是什麼地方？」狄念祖這麼問。

「那個地方群聚著一群力量強大的新物種。」貓兒這麼說：「我並不清楚細節，我只知道那個地方的新物種和我們這些新物種又有點不太一樣，他們似乎源於更早的年代。以前，博士都叫那些傢伙『上古遺民』，不過我也不懂這些稱謂的差異，我只曉得那些上古遺民擁有我們這些新物種沒有的力量，且他們擁有更完整的歷史記憶和自我人格，他們從遙遠的南極被運送到這裡某處實驗園區，但不知道途中出了什麼差錯，他們發動抗爭，帶領大批上古遺民和棄民逃了出來，組成正式的反抗勢力，他們的領頭叫作『麥老大』。」

貓兒簡略地向狄念祖解釋，三號禁區泛指太魯閣及鄰近幾座市鎮，那些上古遺民逃入那兒，藉著太魯閣的天險，屢次擊敗政府軍警和聖泉藥廠的追捕。

「更直接地說，後來聖泉夜叉隊的組織，正是因爲那次事件而做的變革。」貓兒這麼說：「聖泉在三號禁區外圍布署大批夜叉，防止麥老大的勢力向外擴張。」

「這……我從來沒聽說過我們生活周遭發生過這種事。」狄念祖有些愕然。

「聖泉掌控所有新聞媒體，要抽走任何新聞都易如反掌。」貓兒回答。

「那……有三號禁區，想必也有一號禁區和二號禁區啦。」狄念祖隨口問。

「這我就不清楚了，我印象中是有，且還更多，但似乎是在更遠的地方。聖泉在不少國家都設有實驗室，我只大略聽說，在某些第三世界國家境內實驗室裡的恐怖景象，絕對是你們這些純種人類無法想像的……你可以稍微幻想一下，和人類擁有相同智慧及感情的生命，正承受著蟲蟻般的對待……」貓兒這麼說時，眼神中流露一絲憤怒，但隨即又黯淡下來。「或許我們……已經很幸運了……」

「妳眞的知道很多事。」狄念祖呆了呆，問：「妳曾在聖泉的實驗室裡工作過？」

「不……」貓兒苦笑了笑，一時間像是不知該如何解釋自己的來歷，她像是有些掙扎，但還是說了。「我是某個研究室小主管私自製造的玩具。」

「玩具？」狄念祖有些不解。

「我們這些新物種，可以當獵人、軍隊、勞工、奴僕，當然也可以當玩具了……」

貓兒望著狹窄的天際，說：「有些位居聖泉高層的男人，擁有一整個專屬後宮呢，我們從一開始就被訓練來當那些男人的玩物。」

「！」狄念祖不禁愕然，想到了月光。

「你放心。」貓兒見到狄念祖神情有異，便笑著說：「你那可愛的女朋友應該只是未完成品。我剛剛問過那個叫作糨糊的傢伙了，他們逃出來前還住在培養箱中，身體和腦袋瓜都還沒發育完全呢。」

「看得出來。」狄念祖點點頭，突然又說：「我說過了，她不是我的女朋友，我被她當成食物，現在每天要抽血給她喝，好笑吧。不過她挺講義氣，我供應鮮血給她，就當是交保護費，免得成天看那臭蜥蜴臉色，媽的……對了，後來妳是怎麼逃出來的？」

「呵呵，被當成食物嗎？你看起來眞的挺可口。」貓兒笑笑，伸手在狄念祖肩頭捏了兩下。

「貓兒姊姊，妳幹嘛不玩了，妳和飯在講什麼？」糨糊揹著石頭奔來，此時已換別的小孩當鬼，糨糊和石頭像是第一次玩到這麼好玩的遊戲而欲罷不能。

「姊姊還有事，我去叫你們的公主來陪你們玩。」貓兒這麼說。

「好、好！」糨糊一聽貓兒要叫月光來，高興地亂跳。「妳叫我們公主來，公主她一定喜歡玩這個遊戲！」

貓兒點點頭，轉身往房裡走，還對狄念祖眨眨眼。「至於我是怎麼逃出來的，這是祕密，以後別問了。」

「……」狄念祖也不追問，倚牆望著狹長的天空發呆，卻聽到糨糊喚他。

「飯，你也一起玩。」糨糊跳到狄念祖面前。

「我不玩。」狄念祖搖搖頭。

「你要玩——」糨糊忽地伸出黏臂，捲上狄念祖的身子，將他捲到當鬼的小孩面前，嚷嚷叫著：「鬼，快抓他，飯就在你前面！」

「喂！放我下來！」狄念祖大喊，卻掙不開糨糊那條黏臂，像坐雲霄飛車般被糨糊上上下下地甩動。糨糊每次見那小孩就要摸著狄念祖，便甩動黏臂，閃過小孩的手，惹得其他小孩哈哈大笑。糨糊似乎對自己的把戲感到十分得意，開始像是拋沙包似地將石頭也捲上天。

「呵……我在這……」石頭倒是十分開心，不停揮手。

「月光、月光——」狄念祖卻連連大叫。

「糨糊！」月光推開後門，來到小死巷，見到糨糊這樣玩弄狄念祖，立刻出聲喝斥：「你怎麼可以躲在這裡欺負狄！」

「我沒有！」糨糊聽見月光的訓斥，立刻收回黏臂，任由石頭和狄念祖摔落。石頭只是轟隆一聲砸在地上，拍拍身子便站起來，跑到月光身邊乖乖聽訓；狄念祖卻摔得七葷八素，半晌說不出話來。

「我沒有欺負飯，我在和他玩。」糨糊連連搖手解釋。「這是貓兒姊姊教我的遊戲，叫作鬼抓人，公主，妳也來玩，我教妳怎麼玩……」

「你還說沒有……」月光見到狄念祖癱在地上，神情痛苦而怪異，趕緊上前探視，只見狄念祖右手抬在頭上，五指糾結，擺著怪異手勢的模樣，就像個起乩的乩童。

「唔……好痛！我動不了了……」狄念祖見月光趕來，急著喊她：「快扶我起來……」

「對不起，狄……」月光滿臉歉意地扶起狄念祖，卻發現他無法站直，連忙問：「怎麼了，你身子還是沒力嗎？」

「不、不！我動不了……」狄念祖有些慌張。「我的手……還有我的腳，卡住了！」

□

「你說你的右手卡住不能動，左手鬆垮垮地動不了？」聞訊趕來探望的貓兒好奇地望著癱在床沿的狄念祖，又看看月光，不解地問：「我不懂，你們做了什麼？」

「我什麼也沒做，唉，都是糨糊那小王八蛋，把我舉起來亂摔……」狄念祖氣憤地罵。

「糨糊，你看看你……」月光轉過頭，嚴肅瞪著淚流滿面的糨糊。

「我沒有……」糨糊哭得一把鼻涕一把眼淚，身子變得有些軟黏，又要哭成一灘爛泥了。他哽咽道：「我只是和飯玩，我沒有亂摔他……我下次不敢了，我再也不玩公主的飯了……嗚嗚……」

「唉……」月光嘆了口氣，來到狄念祖床邊坐下，捏捏他舉在頭頂的僵直右手，只覺得他右胳臂肌肉柔軟，感覺不出異狀，但整隻手臂連同手掌和五指關節卻像是鎖死般動彈不得；而左手則像是所有關節都消失了般搖搖晃晃，完全無法施力。

「我的腳也是這樣……左腳卡住，右腳沒辦法出力……」狄念祖唉聲嘆氣，突然想起什麼，說：「啊！昨天傑克在我身上打了一針，會不會是那一針的關係？」

「你是說你別的夥伴？那隻小黃貓？」貓兒這麼問。「他替你打了什麼針？」

「對，就是那隻王八蛋貓！」狄念祖恨恨地說：「他說……他說那叫什麼蝦基因……我記不起來了。」

「這聽起來就複雜了……」貓兒皺皺眉。「他們爲什麼要那樣對你？」

「這……」狄念祖突然想起自己的身分尙未暴露，一時又想不出合理的解釋，便只好故作神祕地笑著說：「這是祕密。」

「那我怎麼幫你呢？」貓兒攤著手苦笑，她抓著狄念祖的左手施力硬扳，扳得狄念祖連連喊疼。貓兒問：「要不要我請其他人來幫你看看，有些傢伙見多識廣，或許知道你身體的狀況。」

「不……」狄念祖搖搖頭說：「讓我自己休息好了，等傑克回來，我再仔細問問他，在這節骨眼上我可不想再給酒老頭添麻煩。」

「怎麼，你怕酒老出爾反爾，嫌你麻煩，把你扔出去啊。」貓兒笑著說。

「我怕他給我臉色看。」狄念祖哼哼地說：「這地方有點排外，我可不想惹人說閒話。」

「這裡是這樣，習慣就好了，有一天你也會變成資深前輩。」貓兒笑著說：「不過這些日子大家是比以往更焦躁，雖然嘴上都不講，但臉上還是看得出來。」

「就因爲那夜叉？」狄念祖問。

「一部分是吧。」貓兒搖搖頭。「有風聲傳出，聖泉廠區又出了意外，且還滿嚴重的。聖泉每次出意外，夜叉隊就會變得比平常更凶猛，時常牽連無辜。各地收容所都會有新一批棄民湧入，有時會引發各種爭端，甚至引來夜叉。大家表面上不說，是因爲自己也是這麼來的；但心中還是會恐慌，行事說話難免焦躁，對外人抱著敵意。希望你們別太介意，有一天你們會明白大家的難處。」

「嗯，我能理解。」狄念祖思緒翻騰，心想貓兒倘若知道自己是這場意外成員的兒子，或許會和他保持距離。

這天很快地過去了，月光指揮糨糊和石頭替阿囚將房間打掃乾淨、定時替他換藥。阿囚身上的傷勢太重，始終昏沉地睡著，偶爾迷迷糊糊地睜開眼，茫然喊著：「蜜妮……別怕，再躲一段時間，他們就找不到我們了……蜜妮……」

狄念祖則在床上癱了一天，他的房間就在阿囚隔壁，月光也對他照料有加，一有空閒，便會來替他捏捏手腳，甚至餵他三餐。

糨糊瞧得又嫉妒又羨慕，卻也不敢再使壞，生怕搞壞狄念祖，公主就沒東西吃了。他只能趁著攙扶狄念祖如廁時，低聲恐嚇他幾句。「飯，我扶你尿尿，你要買新車子給我，知道嗎？不然我就打你。」

CH06 天生女僕

翌日正午，狄念祖和月光在６０６號房中用餐。

「我要小卷，配一口飯。」狄念祖懶洋洋地坐在床邊，張大嘴巴。

月光拿著兩根湯匙，用其中一根湯匙盛起鹹小卷，又用另一根湯匙舀了一勺稀飯，她將小卷放在稀飯上，往狄念祖嘴巴遞去。

「會燙。」狄念祖這麼說，一面閉上嘴。

月光便將湯匙湊近自己嘴邊吹了吹，才重新遞給狄念祖。

「啊——」狄念祖瞪著眼睛，斜斜盯著一旁的糨糊，張口吃下小卷配稀飯。糨糊又怨恨又羨慕地看月光餵狄念祖吃飯。

「不曉得爲什麼，你們公主餵的飯特別好吃，啊，好好吃。」狄念祖故意這麼說給糨糊聽，接著他又對著月光說：「不過妳得學習怎樣用筷子才行，用兩根湯匙吃飯實在很好笑。」

「飯！」糨糊終於沉不住氣、放下小碗，朝著狄念祖罵：「你夠了喔，你明明只是公主的飯，竟敢反過來要公主餵你吃飯，還挑三揀四，你信不信我打你！」

「糨糊，是你把人家弄傷的。」月光從桌上拿起筷子，捏在手上動了動，就是無法挾菜自如。她聽見狄念祖又發出「啊——」的聲音，便趕緊放下筷子，拾起湯匙，照著狄念祖的吩咐，舀了勺青菜放入狄念祖口中。這些飯菜是花嬸帶領的伙食組做的早餐。

「可是……」糨糊辯解著：「他的手明明就可以動，幹嘛要公主妳餵她，他是故意的，他在裝病！」糨糊此時的身形已恢復正常大小，腦筋也清楚了些。「而且他昨天明明說是一隻王八蛋貓替他打針才害他不能動，還故意推到我身上，那王八蛋貓呢？」

「王八蛋貓還沒回來，不知道死哪去了。」狄念祖懶洋洋地甩了甩左手。經過一夜好眠，他的左手可以動了，但有時仍使不上力；而右手還是僵硬滑稽地舉著，五指扭曲，比著怪異的手勢。

昨晚傑克和水頭陀並沒回來，他也無計可施、心煩氣躁，只能耍耍無賴，硬要月光伺候，故意逗糨糊生氣。

「月光，我問妳一個問題，爲什麼妳要自願做這些事啊……」狄念祖一面吃下月光盛來的飯菜，好奇地問：「我是妳的飯、維持妳的生命，妳對我好，也算是天經地義……但隔壁那傢伙、那個夜叉，妳對他也這麼好，這又是爲什麼？妳不覺得自己……其實有點雞婆嗎？」

「因爲我總覺得這些事是我該做的……」月光這麼對狄念祖說：「我學過做菜、學過打掃、學過照顧病患，所以我知道怎麼用某些藥品和器材……而你們正好需要，我爲什麼不幫忙呢？」

「不知道爲什麼，我總是有種感覺……」月光若有所思地說：「如果我不做這些事……我就沒有任何事可以做了，我也將找不到……他了……」

「我懂了。」狄念祖頓時醒悟，他昨天從與貓兒的閒聊中得知聖泉藥廠除了製造具攻擊性的士兵，也會製造美麗的女僕供聖泉高層取樂。

月光這溫柔至極的性格和美麗無瑕的外表，以及這些醫療、打掃和伺候病患的能力和素養絕非偶然，而是被刻意製造和人爲栽培出來的成果，而狄國平等人發動的破壞計畫，則讓月光尚未發育完全便離開研究室。

這樣的轉變，對本來要被當成女奴的月光來說或許是好事，但相對地，也因此讓月光感到茫然無措。她和狄念祖一樣，本來的命運受到不可抗力的扭轉，踏上一條和往昔認知截然不同的路。現在的月光，腦袋裡只有「尋找自己的王子」這樣縹緲虛無的模糊概念。對別人而言，月光這樣熱心勞動似乎顯得多管閒事，但對月光而言，這也是一種尋找自我、摸索人生目的的方式。

「妳覺得……」狄念祖隨口問，並不打算告訴月光她被製造出來的目的：「妳若是拚命做這些事，妳心目中的王子，就會騎著白馬來迎娶妳了嗎？」

「我不知道……」月光的神情有些黯然。

「飯，你不要說廢話，我們王子比你帥一百倍、強壯一千倍、聰明一萬倍，到時候我要把你煮成大餐，當作我們公主和王子結婚喜宴上的主菜！哼！」糰糊氣呼呼地插嘴。

「……」狄念祖望著糰糊，指著盤子上的菜，對月光說：「我要那個紅豆干，多一點、多一點、多一點、多一點……」

「一口吃這麼多喔。」月光呆了呆，在滿滿一湯匙的紅豆干上，又疊了一層紅豆干。

「飯！你好貪心——」糰糊大叫，舉起叉子和湯匙，卻不敢從月光手中將那些紅豆干搶回來。

「嗯……我記得這個紅豆干可以補關節，多吃點可能對我現在的身體有幫助……」

狄念祖這麼說，還裝模作樣地咳了幾聲，表示自己現在是病患。至於紅豆干補關節之類的廢話，當然是鬼扯的。他早看出糨糊特別喜愛這種鹹鹹甜甜的紅豆干，便故意這麼說，想要吃光所有紅豆干，讓糨糊沒得吃。

「啊？眞的嗎？」月光聽狄念祖這麼說，便從盤子上所剩不多的紅豆干中，又舀了一勺，兩根湯匙盛著滿滿紅豆干，往狄念祖嘴裡送。

「哼！」糨糊望著小碟子裡只剩兩條半的紅豆干，立刻伸手抓了就往嘴裡塞，然後憤怒地瞪著狄念祖。

「嗯，一口吃太鹹了……我慢慢吃、一點一點吃……」狄念祖邊說，撇著嘴巴望著糨糊，故意吃給他看，還說：「嗯，甜甜的、鹹鹹的，嗯，好好吃。」

「嗚……」糨糊氣憤難平，又覺得十分委屈，他一邊抹著眼淚、一邊加快速度吃自己次愛的菜脯蛋和雪裡紅，免得又被狄念祖吃完了。

月光慢慢餵著狄念祖，說：「我吃這裡的東西，喝狄你的血，住酒老闆的房間，我不知道該怎麼回報你們，替你們做點事，也是應該的，不然……」

「呵呵……」狄念祖吁了口氣，覺得紅豆干似乎太鹹了，討了幾口稀飯喝，哼哼笑著說：「如果妳是人，應該很快就被壞男人拐跑了吧。」

「我看你就是壞男人！」糨糊插嘴罵他。

「你哭啦？」狄念祖望著糨糊。

「我沒哭啊。」糨糊的嗓音有些沙啞。

「你昨天哭，現在又哭。」狄念祖這麼說：「被公主罵也哭，看公主餵我吃飯也哭，你這麼愛哭，怎麼保護你們公主呢？」

「我哪有哭，你哪隻眼睛看到我哭了！」糨糊哭著把眼淚抹去。

「石頭，你看他是不是哭了？」狄念祖朝著小桌另一旁的石頭揚了揚眉。

石頭的身體也恢復至原本的三分之二大小，但他不像糨糊那樣躁動，腦筋靈光與否也看不大出來。石頭聽了狄念祖的話，看看糨糊，問：「糨糊……你哭什麼？」石頭吃得滿嘴稀飯醬菜，痴呆地問。

「我哪有哭！」糨糊氣得摔下碗，衝回月光房間嚎啕大哭。

「狄，你也不要故意惹糨糊生氣了。」月光皺著眉說：「他是我的家人、是我的寶貝……」

「我哪有欺負他，都是他欺負我，好幾次差點殺了我，我只是說說他兩句，是妳太寵他了……」狄念祖隨口瞎扯，突然呆了呆，看見阿囚站在門外。

「阿囚……」月光轉過頭，見到阿囚，也有些訝異。

「謝謝妳……」阿囚的臉上蒙著紗布，身上那件大斗篷經過月光的清洗，乾淨許多。

「我是來、向妳告別的。」

「啊……」月光這才想起今天就是阿囚離開的日子——他必然得離開，大家不可能留他。

月光急急地望著狄念祖，說：「狄，你想想辦法，讓阿囚留下來。」

「不不……」阿囚連連搖手，接著向一旁招了招手，牽來果果，說道：「我不能留在這裡，我留在這裡，吉米先生不會死心，夜叉們不會離開，果果也逃不了……酒老闆答應我要幫忙送果果去三號禁區，我得引那些夜叉走……我有點抱歉……之前沒對妳說實話……雖然認識妳的時間很短，但是……妳是個好女孩……我很感激妳……」阿囚說完，深深地向月光鞠躬，接著他蹲下，撥了撥果果的頭髮，對她說：「妳在這裡要乖，知道嗎？酒老闆會設法幫助妳，妳要勇敢地活下去。」

果果沒有出聲回答，只是點點頭。

「阿囚……」月光追了出去，只見廊道外還站著貓兒、四角、花嬸、壽爺，以及酒老頭。

「吉米已經到了。」壽爺望著阿囚。

「我知道……我走了……」阿囚一聽到「吉米」二字，身子抖了抖，似乎有些害怕，但仍點點頭，跟在壽爺等人的背後，往電梯的方向走。

□

一整隊身形高大、身披斗篷的夜叉在華江賓館門外站了一排，幾個路人有的加快腳步遠離、有的好奇地轉頭注視。

華江賓館曾發生不少爭執事件，但從未有警察前來關切，當地居民大都把這一帶的幾條巷子當成是非之地。他們偶爾見到一些古怪份子出入，口耳相傳了幾年，都說這地方必定與黑道脫不了關係，因此平時就算是白天，華江賓館外的小巷也不常有人經過。

吉米仍然身穿高檔西裝、腳踏名牌皮鞋，人模人樣地倚在大廳櫃台，所有的房客們全退得遠遠的，不敢靠近大廳。

大狗黑風則豎起身上毛髮，威風凜凜地守在活動室外的廊道前，凶狠地瞪著吉米及門外的夜叉隊。

「抱歉吶酒老，我是不是來得早了，呵呵。」吉米指指手上金錶，朝著步出電梯的酒老頭行個禮，接著他見到阿囚跟在後頭出來，立刻嘿嘿一笑，說：「好久不見啊，你這小子，哼哼……」

「吉米……先生……」阿囚不敢直視吉米的眼睛，便垂下頭。

「怎麼，你們這兒的投票結果出來了嗎？」吉米的目光掃過酒老頭、花嬸、貓兒和壽爺，最後停留在阿囚身上。「你們讓不讓這傢伙隨我走啊？」

「你早說他是夜叉，我早趕他走了，沒有人願意收留這種髒東西。」酒老頭推了阿囚一把，這一推力道十足，將阿囚推倒在地，同時怒叱道：「滾——」

「啊……」月光本來扶著狄念祖，跟在眾人後頭，卻不敢搶著擠進電梯，他們便走樓梯。一下來，聽酒老頭這麼說，還將阿囚推倒，月光驚愕之餘，忍不住就想要上前扶起阿囚，卻被狄念祖一把拉住。狄念祖在月光耳邊說：「妳別多事，老頭子在幫他。」

「幫他？」月光有些不解，但她知道狄念祖這麼說必然有理由，便只好默默看著。

「嗯——」吉米嗯了一聲，還刻意拉長尾音，向前走了幾步，來到阿囚面前。阿囚掙扎著緩緩站起，頭垂得低低的，不敢抬起。

「你有什麼話說？」吉米仰著頭，冷冷地瞪著阿囚。阿囚只是搖搖頭，什麼也沒說。

「好了。」酒老頭揮著手說：「你要教訓叛徒，帶遠點慢慢搞，少在我這裡擺架子。」

「酒老啊——」吉米冷笑兩聲，向外頭招招手，兩個夜叉走進。吉米指指阿囚，那兩個夜叉立時過來，將阿囚押出門外，吉米卻沒跟著出去，而是轉過身望著酒老頭。

「另一個呢？我要的人，不只一個。」

「誰？」酒老頭冷然問道。

「您別裝了。」吉米嘿嘿地笑了笑，他走向酒老頭，本想伸手搭上酒老頭的肩，但見酒老頭目光凌厲地瞪著他，便轉而搖搖手指，笑著說：「跟在叛徒身邊的小女孩，我知道你想維護她，但我們的消息靈通得很，您老沒有演戲天分，就別勉強自己啦。」

「……」酒老頭靜默不語，身後的房客們起了一陣小小的騷動，花嬸臉色發白，直打哆嗦。「我就說別多管閒事啦，唉喲，這怎麼辦才好，哪個人上去將她帶下來吧。」

「吉米。」酒老頭緩緩開口。「這裡的規矩你已經知道了，三天，不論是誰來，我都給這數字，小女孩昨天我才見到，今天算第二天、明天算第三天，你想帶人，後天再來。」

「是嗎？」吉米深深吸了口氣，像是漸漸地不耐煩起來，他先是乾笑兩聲，然後湊近酒老頭耳邊輕聲說：「我沒時間和你老人家玩遊戲，我是給你面子，不然我那晚就直接動手逮人了。他倆是一路的，我告訴你，你只有兩個選擇，要嘛現在把人就交出來，要嘛就讓我的人上去找，你乖乖看電視吧……」

「你沒有選擇。」酒老頭望著吉米的眼睛，緩緩地說：「後天你來，我才告訴你大家表決的結果，現在你要硬搶，先做好犧牲生命的準備。」

「嗯！」吉米見到酒老的雙眼閃過一絲漆黑殺意，不由得向後退了幾步，一面呵呵笑著，一面彈著手指，在大廳來回繞圈，像是拿不定主意。他突然又搓著手諂媚起來。

「酒老、酒老，這樣好了，明天！我等到明天來帶人，好嗎？我只能等一天，就一天喔。」

「我突然改變心意。」酒老頭冷冷地望著吉米。「後天這要大掃除，大夥兒沒空開會也沒空表決，大後天你再來向我問結果吧，你再囉唆幾個字，我們就多掃幾天。」

「……」吉米垮下臉，喃喃地說：「酒老，爲了一個陌生小鬼，把我們的關係搞成這樣，值得嗎？」

「這個問題你可以問問自己。」酒老冷冷地答：「我這裡的規矩一直是這樣，不過是要你多等兩天，你爲了貪快，想拿命來搏，值得嗎？」

「哼哼……您說得對，不值得、不值得……」吉米的臉皮抽動著，像是強壓著滿腔怒火，他一面點頭，往門口走，突然轉身對酒老說：「那麼就照你老人家說的吧，我先走了，打擾了。」

吉米說完，揚揚手，領著一整隊的夜叉走往向外大道上的車隊。

「阿囚……」月光被擋在人堆後，她的個子嬌小，本來看不到前方，但糨糊和石頭手抓著手轉了個圈，變成一張伸縮椅，石頭化作椅墊、糨糊變成椅腳，將月光托了起來，月光終於看見被帶遠的阿囚。

阿囚沒有回頭，他的背雖然微微駝著，腳步也虛浮無力，但他的每一步，都溢著視死如歸的堅毅。

□

茶水小和室裡，再次舉行了一次小會議。

昏黃的燈光底下是張小方几，依序坐著酒老頭、壽爺、花嬸、貓兒和果果，以及幾個較資深的房客。

「酒老……」花嬸先開了口，她先是望望像昨天那樣不停吃著餅乾的果果，又望望酒老頭，說：「您考慮清楚啦？後天……真要讓吉米帶她走？」

「我說了，是大後天。」酒老頭哼哼地說：「剛剛要是那小子真的再囉唆，我會要他過完年再來。」

壽爺瞪了花嬸一眼，說：「怎麼，妳剛才不是說要找人將她帶下樓讓吉米帶走？現在又捨不得啦？妳要留她的話，以後她就和妳住妳房裡。吉米來的時候，妳站出來和吉米說話。」

「不行……這可不行……」花嬸苦惱地搖搖頭。「唉……可憐的孩子，母親死了，現在又……但我也不能收留她，這兒沒人能收留她，這該怎麼辦才好啊……」

壽爺望著酒老頭說：「我直說啦，吉米得罪不起，你如果真要和他攤牌，這兒的人真沒辦法奉陪下去了，但終究老朋友一場，我那餐廳還開得成，我替你帶走一批人。」

「你？」酒老頭瞪了壽爺一眼，說：「你何德何能？你沒那聲望也沒那能耐和這些傢伙周旋。」

「這我知道。」壽爺嘿嘿笑了。「但這也是沒辦法中的辦法，晚點死，總比大後天死來得好。」

「呸呸呸，誰說會死啦。」花嬸皺眉搖手。

「酒老……」一個戴著厚重眼鏡的中年男人，怯怯地舉起手說話。「您要留人、要趕人，我們都沒資格說三道四，畢竟這兒很多人也是受您和華江賓館這招牌庇蔭，才安穩活到今天，這幾年大家也一直守望相助，不分彼此。但這次情形不同，若是您真的要和聖泉撕破臉，那麼……也得盡早決定，讓大家有個準備。要走要留，大家自己盤算吧。」

「王老師，你先說說你的盤算。」另一個鼻孔有銅板大小，一雙眼睛又細又長的醜陋矮胖男子，聽那眼鏡男這麼說，便斜斜望著他，哼哼地說：「四年前我被羅剎追殺，走投無路，來到這兒，當初若是大家趕我走，我這條命已沒了。三年前你半死不活地來到這附近，後頭有群發了瘋的食人狗追著；你躲在死巷裡，那些食人狗鼻子靈，一下子就把你掀出來咬，當時是誰救了你？」

「是你。」王老師望著那醜男人，說：「你救了我。」

「那是誰一聽你說你還有個女兒被困在山上小屋裡，就和你去救人啊？」那醜男人又問。

「豪強大哥，是你。」王老師嘆口氣，說：「豪強大哥，我可沒說我要走，我也沒說一定要趕人，但不是每個人都和你一樣熱心，也不是每個人都和你一樣能打，這裡有女人、有小孩，你得讓大家自個兒決定。」

「哼哼……」豪強不屑地哼了哼氣，說：「我只知道華江賓館這地方是團結力量大，要是每個人都貪生怕死，那大家根本早就死了，連怕死的機會都沒有！」

「你少說大話啦！」壽爺拍了桌子，瞪著豪強，說：「你說你被羅剎追殺，是啊，追殺你的羅剎有三個，其中有一個是我宰掉的，那時候你腦袋不清楚，哭得連屎都爆出來啦，這你怎麼不提？此一時、彼一時，宰幾個羅剎容易、宰幾隻瘋狗不難，但和聖泉攤牌作對，又是另一回事。你想充漢子，也想想這邊其他孩子！十隻小狗團結抵抗一隻豹子，可以試試；十隻小狗想殺死一頭象，那叫白白送死，咱們和聖泉藥廠攤牌，那更不比小狗咬大象，那是小狗咬暴龍，那暴龍有上萬頭——」

「哼！」豪強聽壽爺提他醜事，也難以反駁，他只是說：「我沒要所有人留下啊，我只說我自己留下，不行嗎？」

「酒老，你問過張經理的意思了嗎？」貓兒打斷了眾人的爭吵，說：「這地方一直是張經理負責監督的，張經理是袁家大哥那派的人，吉米是袁家小弟的人；張經理在聖泉的階級比吉米大得多，吉米要來硬的，好歹也向張經理打聲招呼，張經理同意他這麼做嗎？」

「這我昨晚想過了。」酒老頭望著手中的酒杯說：「我聯絡不上張經理，他人在外國出差，這兩天才回來。」

「這就對了。」貓兒說：「那晚夜叉不讓你打電話，可見吉米是爲了私事，我猜是見不得人的事，他可能想在張經理回國前把事情解決掉。」

「我也這麼想。」酒老頭說：「但張經理不在，我這糟老頭子還眞沒了靠山，哈哈。總之……我說說我自個兒的立場好了，我不會爲了這小孩犧牲華江賓館其他孩子，但我也不會把她交給吉米那小子，我打算照昨天和夜叉講好的，把這小孩送去三號禁區。」

「這可難了。」壽爺皺了皺眉，說：「倘若風聲沒走漏，是有機會送去，但現在吉米早有防備，外頭守著夜叉隊，處處都有夜叉盯梢，你怎麼把小孩帶出去？」

「我可以找人來接。」酒老頭這麼說：「我認識幾個傢伙，有的欠我點人情，有的純粹買賣，他們都有些本事，這點小事難不倒他們。現在最大的問題是——吉米那小子的耐性。」

「如果事關他的私利或醜聞，他不想讓聖泉其他人知道，或許我們可以反過來利用這點，讓他有所忌憚。」貓兒這麼說，接著摟了摟果果，笑著對她說：「果果，妳認識那個叫作吉米的叔叔嗎？就是將妳和妳媽媽關起來的那個男人……」

「貓兒……」壽爺突然揚起手，阻止貓兒繼續問，他說：「如果是……見不得人的事……若是傳開來，妳若是吉米，妳會怎麼收拾這攤子？」

「壽爺，你的意思是……」貓兒呆了呆，笑著說：「難不成他會將我們全殺了滅口？這臭矮子現在是當紅，但在聖泉裡還算不上是個人物，剷掉一整間收容所可是大事，現在聖泉是袁家大哥當家，吉米恐怕沒這膽子。」

「就怕狗急跳牆……」壽爺苦笑著說。

果果望著貓兒，突然開口：「我媽說吉米吃裡扒外，想聯合袁家伯伯們自立門戶，他收了袁家伯伯們好多錢，偷了實驗室很多東西……他把東西……藏在我和我媽身上。」

果果此話一出，包括酒老頭在內的所有人紛紛變臉，那些擠在和室外，將耳朵貼在門上的房客們，也紛紛發出驚呼。

小和室裡，一片寂靜。

「這事好像……比我想像中還要大了點……」壽爺傻愣愣地抓條髒手帕抹起額頭上

的汗。

「若眞是如此，知道也比不知道好……」酒老頭乾笑兩聲，將杯中烈酒一飲而盡。

「什麼、什麼？」花嬸臉色有些發白，像是還沒搞懂怎麼回事，她急急地問：「你們說些什麼？我聽不懂……」

王老師又舉了手，問：「酒老、壽爺，你們的意思是，吉米有可能將焦點從這小女孩，轉移到整間華江賓館上？」

「難講……」酒老搖搖頭。

「唉……唉……」花嬸皺起眉，怨懟地望著果果。「妳眞是個小掃把星……這下子該怎麼辦才好啊……」

「貓兒，這小孩交給妳，妳把事情問清楚點，這小孩知道些什麼，我們全都得知道。」酒老頭一邊說，一邊站了起來，又轉頭看向豪強，說：「豪強，地窖很久沒打掃啦，交給你啦。」

「好——」豪強點點頭，立刻出門，推開一堆擠在門邊的房客們，扯著喉嚨大喊：「大家聽好，活動室立刻清空，亂七八糟的東西全搬回自個兒房間！護衛團集合一下，要開地窖啦——」

豪強這話一出，立刻引起更大的騷動。大夥兒像是聽見什麼壞消息似地，爭相走告，一副大難臨頭的模樣；有些人急得咒罵起阿囚和果果，連帶將狄念祖和月光等也一起罵了進去，都說酒老頭不該讓這些新來的傢伙住進華江賓館。

「王老師，孩子們交給你了。」和室中，酒老頭繼續發號施令。「花嬸，得麻煩妳準備些吃的，別煮湯湯水水，也別煮合菜，越方便越好，像是饅頭、飯糰、大餅之類的東西。」

「我……我知道了。」王老師吁了口氣，也離開了和室。

花嬸則仍然搞不清楚狀況，但她聽酒老頭吩咐豪強整理地窖，便知道事情遠比她想像中還來得嚴重。

「來，姊姊帶妳上樓，姊姊有事情問妳。」貓兒牽著果果離開和室。

和室中，便只剩下酒老頭和壽爺。壽爺本來有話想說，但他見門外擠著房客，便皺皺眉，說：「小次郎，門外三公尺，你替咱們淨空一下，我讓你動刀。」

「喝——」本來也擠在門邊的小次郎，聽到壽爺這麼說，立刻大吼一聲，將揹在背上的木刀取下，高高舉起，扯著喉嚨大喊：「聽到了沒，統統給我滾遠點，壽爺和酒老在談正事，你們哪個敢偷聽，就讓我砍兩刀——」他一面講，一面大力地揮舞起木刀，那些房客雖然不怎麼懼怕小次郎，但也聽到是壽爺授意，便乖乖退開，有些孩子憤怒地朝小次郎叫囂：「你剛剛自己也在偷聽，凶個屁！」

華江賓館上上下下忙碌起來，幾個模樣看來結實壯碩的大漢們在豪強發號施令下，從整棟樓幾間儲藏室裡搬出水桶、掃把等清潔工具送往活動室，還在胳臂掛上一致的紅色臂章，上頭繡著「華江護衛團」幾個字。這護衛團是豪強私人組成的小團體，目的是抵禦外敵入侵，成員除了團長豪強，還有十一個男人和兩個女人。

小孩們在王老師的指示下，將活動室中的玩具和零食收拾乾淨，幾個大人忙碌地將各戶這兩天在活動室打地鋪的棉被、枕頭、蓆子等東西整備綑綁成堆。

「喂！那邊幾個新來的——」豪強指著杵在角落不曉得要幹啥的狄念祖和月光大喊：「愣在那幹啥？快來幫忙！」

「我……」狄念祖一拐一拐地走到豪強身前，他的右手仍然古怪地舉在頭頂，比著怪異手勢，左腳則僵直挺著，他說：「我現在一手一腳不能動……」

「媽的，你毛病眞多，我可不管，你們要待在這裡，就要和大家生死與共，別一副大少爺的樣子，這兒可沒人伺候你，你幹不了粗活，那就找塊抹布，待會看哪兒髒就擦乾淨，知道嗎！」豪強扠著腰，一面喊著另一旁集結整隊的傢伙們。「阿介，找塊抹布給他們，帶他們打掃，活動室清空了沒，清空了就把大櫃子搬開，準備開地窖！」

那個叫阿介的傢伙，個頭和狄念祖一般高，但身形消瘦許多，膚色蒼白，兩眼又圓又小，唯唯諾諾地走到狄念祖身前，遞給他們每人一塊抹布和一個小水桶。

阿介遞給月光的抹布特別乾淨，是沒用過的新抹布。他遞水桶給月光時眼神有些怪異，不小心觸碰到月光的手指，身子一顫，像是手指插進了插座，立刻緊張地嘀咕起來，像是想解釋些什麼；但他比劃半晌，也沒說清楚，漲紅著臉將月光等人帶進活動室。

只見活動室裡大致已搬空，桌椅都被堆在角落，棉被、蓆子之類的夜宿用品則堆放在另一角。護衛團不停搬進一個又一個大紙箱，紙箱中裝的大都是些衛生紙等生活用品和一些乾糧。

護衛團接著搬進活動室裡的，是三大簍刀械棍棒，那些刀械和棍棒像是經過特別加工，不僅尺寸比尋常刀械大了幾號，且模樣十分嚇人，有綁上刺刀的消防斧、削尖了的鋼管、豎滿鋼釘的球棒，以及特大號的開山刀。

幾個男人大聲吆喝著，將立在活動室深處一面牆邊的巨大鐵櫃搬開。狄念祖見那鐵櫃底下有一處較地面低陷數公分的方形凹槽，面積大約是一平方公尺，凹槽中裝設著一扇小鐵門。

「要開門啦——」豪強隨意戴上口罩，來到鐵門旁，取出鑰匙打開鐵門上的鎖，接著拉著鐵門手把，吆喝一聲，將那鐵門一把拉開。

「哇，好濃的霉味！」「太久沒開地窖了！」幾個靠小鐵門較近的漢子們立刻叫了起來。

「手電筒。」豪強自身旁一個護衛團成員手中接過手電筒，一馬當先衝了下去。

在外頭的人等了半晌，好不容易才見豪強又自地窖中出來，一臉嫌惡地揮手搧風，大聲罵著：「底下開始抽風了，讓抽風機運轉一會兒再下去打掃，臭死人了，以後每半年打掃一次地窖！」

半小時後，狄念祖和月光跟在眾人後方，循著小鐵門下的長梯走入地窖。地窖中瀰漫著濃濃霉味，空間寬闊，幾乎就是整間華江賓館的佔地面積，有數根大梁立在其中，全無隔間，乍看下有如一般大樓的地下室，但仔細觀察，又可見到一些不尋常的人爲改建。天花板處裝有數個抽風設備，某個角落還堆放著數具柴油發電機，其中兩具發電機擺在特製的平台上，排煙口附近也設置抽風裝置，用以吸取發電機的油煙味。

這地窖中有兩間隔間廁所、一處簡易廚房、好幾個堆放雜物的大櫃子，以及超過二十張雙層鐵床；那些櫃子和鐵床，自然都堆積著厚重的灰塵。

整間地窖只有一處出入口，通往賓館一樓的活動室。

「幹活囉！」豪強一聲令下，護衛團和其他房客幫手們，紛紛開始打掃這佔地五十來坪的地窖。

「幹活吧。」阿介領著狄念祖和月光等人，提著小水桶裝了水，來到一整排堆積著厚重灰塵的雙層鐵架床前，擦拭起那些鐵床。

「請問……這地方到底是幹什麼用的？」狄念祖左手軟軟地持著抹布，敷衍地擦拭著床柱。

「這裡是避難室……」阿介像是不怎麼喜歡與人說話，但動作十分認眞，由於灰塵太厚，一張床擦不到一半，大夥兒桶裡的水都髒得可怕。阿介倒也沒擺出前輩架子，不僅自個兒來回換水，且還幫左手無力、右手僵硬的狄念祖也換了水。

月光倒是比所有人更勤奮。打掃本是她的專長之一，在她指揮下，糨糊伸出十條黏臂，抓著八塊抹布和兩桶水，五分鐘便能擦淨一張床，且他能自由變化身形，連床底下都擦得乾乾淨淨。

石頭則變成一根長桿，在其中一端岔出八截分支，每截分支上都抓著一塊大抹布，如同一根巨大的全自動拖把般會自動擦抹。月光持著這石頭拖把，到處抹地、抹牆、抹梁柱，一小時不到，便將整間地窖從地板到天花板，以及每根大梁都擦得乾乾淨淨，可看傻了一同清掃的護衛團和其他房客。

CH07 斷電

「酒老，你怎麼看？」壽爺喝了口茶，緩緩地說：「吉米眞的會爲了那小孩，對我們動手？」

「難說。」酒老頭搖晃著手中的酒杯。「我只知道那小子沒有做不出來的事。」

「如果那小孩說的是眞的，那吉米這把可賭大了。」壽爺這麼說。

「何止是吉米，袁老闆不管事以後，我看整個袁家遲早要鬧翻。」酒老頭哼哼地說：「那些叔叔伯伯輩的，這幾年可全擠進聖泉想分杯羹了。」

「我在想，我們拿著小女孩說出來的這把柄，到底是張保命符，還是枚被拔了保險栓的手榴彈吶。」壽爺拍著頭，呵呵笑著說。

「當然是手榴彈。」酒老頭沒好氣地說：「你壽爺也是手榴彈、那貓兒也是手榴彈、豪強也是、四角也是，我救你們時，倒是不怕炸傷手。」

「你說這什麼話呢。」壽爺皺皺眉，有些不悅地說：「我可沒要你乖乖把那小孩交給吉米，以往你要咱們幹啥，咱們就幹啥，一直都是如此，只是你也得分清事情輕重，這次確實和以往不同吶……這樣吧，三天，我就挺你三天。如你說的，這是我們這地方的規矩。這三天裡，吉米想硬闖，我和你一起擋，三天之後，你還要和聖泉硬幹，恕我沒辦法陪你。」

酒老頭飲乾了杯中酒，搖搖酒瓶，瓶子也空了，壽爺轉身要替他再取一瓶酒，卻被酒老頭喊住，說：「阿壽，你得再幫我一個忙。」

「你說。」壽爺點點頭。

「這次不論結果如何，我們都得分家。我如果躺下，這地方你接手，名字改掉。」酒老頭這麼說：「我如果還沒死，就幫你那破餐廳刷油漆，一些孩子女人，上你那裡去。」

「華江賓館分家？」壽爺哈哈大笑。「你不是說我沒那本事？」

「本事是磨練出來的。」酒老頭白了他一眼，說：「我覺得這件事沒那麼簡單，聖泉這兩年玩過頭了，吉米這類人越來越多，我看離大亂不遠了。」

「所以你把女人孩子丟給我，意思是你也想趁著大亂，興風作浪，來向袁家報仇啦？」壽爺這麼問。

「報個屁仇。」酒老頭乾笑兩聲：「以前我在聖泉就只是個看廠的，主子要我幹啥就幹啥，現在我也只是照著人家吩咐，看著你們……只是，真要亂起來，打打殺殺難免傷及無辜，我這地方這幾年生意興隆，不少人已經把這兒當家了，小鬼越生越多，但這地方不會永遠穩固，得未雨綢繆……更重要的是，你們不能一輩子倚靠一個成天喝酒、一腳踏進棺材裡的老頭子。這次是我一意孤行，我會全力保住大家，這次之後，大家是生是死，全憑自己。」

酒老頭這麼說，將酒杯放在窗邊，望著夕陽映在自己微微顫抖的手掌上，他的眼瞳一縮，又溢出滿滿的墨黑色，盈滿雙眼。他的手掌忽地結實脹大，突出駭人筋脈，猛地握拳，捏出一陣灰色殺氣，那拳頭堅硬得像是能夠打碎一座城，指節處還突出幾處嚇人鈍角。但酒老頭隨即攤開手掌，強壯的大掌瞬間萎靡消瘦，又恢復成那個布滿皺紋和老人斑的枯朽老手。

「……」壽爺默然半晌，說：「我喜歡紅色，我那餐廳要漆成大紅色，這才吉利。你這三天別太費力，免得到時候手軟，給我漆醜了。」

「大紅？俗氣。」酒老頭哼哼地說，自個兒轉身出去取酒。

「酒老，地窖準備好了。」小次郎扛著木刀和拖把，見到酒老步出茶水和室，便上前報告。「什麼時候趕大家下去？是不是夜叉要打過來啦？快告訴我，我這次要宰個夜叉來過過癮。」

「宰你個頭！」酒老頭瞪了小次郎一眼，問：「那小孩呢？」

「貓大姊已經在地窖幫她安頓了一個床位啦，小鬼們已經全下去了，有些大人還在樓上收拾東西。」小次郎說：「還有花嬸她們已經做好三天份的小菜，乾糧和發電用的柴油也很充足，夠我們撐上十天半個月不是問題。酒老，你放心，有我在，包管教那些夜叉走著進來抬著出去。」

「你得了吧你，你也下去找個床位。」酒老揪著小次郎的胳臂，將他往活動室拖。

「喂喂喂，我不住那！」小次郎急急嚷著：「我自組突擊隊，和豪強的護衛團平起平坐，我守前門、豪強守後門。」

「你守前門？」酒老頭睨著眼睛瞅了瞅小次郎，拖著他走進活動室。

只見活動室裡整備完畢，地窖出入口前守著幾個護衛團成員，一旁有張長桌，上頭擺著自大廳櫃台搬來的監視設備，螢幕上幾個分割畫面，分別是賓館前後門以及數層樓長廊的監視畫面。

由於這套監視設備平時不常使用，此時阿介正熟練地操作這套老舊的監視設備，還指導豪強如何切換、放大監視畫面。

酒老頭和豪強打了招呼，揪著小次郎進入地窖，地窖中大致整備完成，幾根大梁上懸著布幔，將整間地窖分隔成寢室、醫療區、會議區等各個不同的空間。

孩子們已經聚集在鋪著地墊的區域，由王老師看守，其他區域有些人分配著糧食，另一邊也有幾個人在整理衛生紙、肥皀等日常用品。

「酒老……」幾個婦人一見酒老頭下來，立刻圍上去，都說：「酒老，和他們眞的沒得談？」「是不是眞要打啦？」「能不能想個法子好好說。」「眞要為了那個小孩……」

「我和壽爺談好了，只打最後一場架，這幾天熬過去，壽爺會帶你們去安全的地方，現在你們要走要留，自個兒決定吧。」酒老頭抹抹臉，將他和壽爺做出的結論告訴花嬸等人。

花嬸點點頭，和幾個婦人交頭接耳起來，並將酒老頭的決定告訴大家。有些人神情惶恐，像是當眞盤算起先行撤離的事。

酒老頭則也不大理會眾人反應，而是提著小次郎東張西望。他看見果果和小孩們在王老師的帶領下圍成一圈坐著。果果垂著頭，不發一語，其他小孩則不時交頭接耳，對著果果指指點點。

「大家聽好，這個地方不分彼此，在果果離去之前，她和大家都是一家人，知道嗎？」王老師這麼和大家說。

「可是……媽媽說，她是掃把星……」有個小眼男孩這麼說，但立刻惹了就在附近的媽媽一頓罵。「你說啥啦，我才沒有這麼說，你不要亂講話！」「妳明明就有說啊——」

小男孩頂嘴，引起一陣騷動，王老師連忙打起圓場。

酒老頭懶得理會這些零星的小紛爭，他提著小次郎來到孩子們那裡，將小次郎拋進人群，也不理小次郎抗議叫嚷，而是望了果果幾眼，接著向一旁的貓兒招了招手，帶著她返回活動室，問：「貓兒，問出什麼沒有？」

「差不多就是她說的那樣。」貓兒搖搖頭說：「小女孩知道的不多，應該說，她媽媽也知道不多，但我倒是猜出些端倪。」

「說來聽聽。」酒老說。

「我想吉米『藏』在果果身上的東西，應該是一些新基因。果果說她和媽媽都曾進行『重生儀式』，那玩意酒老你應該比我更清楚……」貓兒撥了撥頭髮。「聖泉老三袁燁雖然有自己專屬的實驗部門，但這兩年他把心力都放在娛樂圈上，比起生技企業，他更喜歡當個娛樂圈大亨。這兩年袁燁的實驗部門幾乎都交給吉米打點……如果照果果所說，吉米被袁家那些叔叔伯伯收買，將袁燁實驗室裡的研究成果轉賣給那些叔叔伯伯……這件事要是揭露開來，那可是足以動搖整個聖泉集團的大事。」

「何止。」酒老頭哼了哼說：「聖泉內部要是鬧開來，那可不只是企業鬥爭那麼簡單……」

「我知道，那等於是戰爭。」貓兒點點頭。

「我想過了。」酒老頭這麼說：「我和壽爺說好，這次要是我們撐得過去，壽爺的餐廳就重新開張，妳去幫他。」

「酒老，這什麼意思？」貓兒問。

「雞蛋別放在同一個籃子裡。」酒老頭說：「不管這件事結果如何，我這地方都會變成顯著的目標。這兩三年風平浪靜，大家都忘了我們這種傢伙根本沒有過好日子的命，我要把這地方搞得和以前一樣，人來殺人、鬼來殺鬼，以後這裡當第一線、當靶子吸引砲火。妳把孩子們和不想過殺戮生活的朋友帶去壽爺那兒安頓。」

「爲什麼找我？」貓兒這麼問。

「只有妳才幫得了壽爺。」酒老頭說：「妳的身手我一清二楚，妳在壽爺那兒，我才放心留守這裡。」

「我走了，你怎麼辦？」貓兒這麼問。

「我還有黑風。」酒老頭笑了笑：「我想大黑狗應該樂意和我在一起。」

「……」貓兒默然半晌，又說：「那新來的女孩和我出身相同，昨天你也見著了，她的力量十分強大，別把她當外人，我覺得她應該幫得上忙。」

「嗯……」酒老頭點點頭，說：「再看看吧，這種事不能勉強。」

「酒老、酒老……電話撥不出去吶……」花嬸拿著手機，噫噫呀呀地奔進活動室，來到酒老面前說：「外頭有夜叉守著，沒人敢出去，想叫店家送些麵包食物來，但電話撥不出去，換了好幾支手機，都打不出去。」

「嗯？」酒老頭皺皺眉，跟著花嬸走往大廳，一面問：「市內電話也打不出去？」

「不通吶，壽爺試過了，全都不通。」花嬸慌張地說，還急出了眼淚，碎碎唸著：

「怎麼辦？現在是怎麼啦？眞的不得安寧嗎？唉……唉唉……」

「阿壽，怎麼回事？」酒老頭來到大廳櫃台前問。

壽爺只是指了指那個老舊電話，酒老頭大步走去，拿起聽筒，按按撥號鍵；靜悄悄地一點聲音也沒有。

酒老頭放下電話，推開大門，走上街，便見到小巷巷口的一端守著兩名夜叉，另一頭的幾棟頂樓也都有夜叉駐守。

「附近有單位施工？」酒老頭關門回到大廳，隨口這麼問。

「沒，我剛剛就派手下去頂樓查過了。」小次郎抱著木刀跟上來，身後跟著兩個八、九歲大的小孩，手上也各自拿著一根短球棒，但他們的神情可不像小次郎那樣堅毅勇敢，而是一臉恐懼。

「我不是教你在底下找個位置嗎？我才說完你又跑上來？」酒老頭瞪大眼睛，微微顯露出怒容。他走到小次郎面前，說：「而且誰准你在我的地盤收手下？」

「豪強能組護衛團，我爲什麼不能組突擊隊？」小次郎似乎是這個地方唯一不怕酒老頭的小孩，他掏掏耳朵，說：「況且豪強也贊成，他說我已經長大了，可以自立門戶，當個隊長了。」

「隊長個屁，還不把手上的傢伙扔了！」酒老頭怒喝一聲，嚇得小次郎身後那兩個跟班立刻鬆開手。

酒老頭一把揪住小次郎的後領，又將他扔回地窖中，還搶過他的木刀，交給王老師，大聲說：「看好這小子，別讓他上去搗蛋。」

「喂！老頭，你給我站住，王老師，刀還我……」

小次郎可氣炸了，吵吵嚷嚷地要從王老師手中搶回木刀，被幾個大嬸連同小孩將他團團圍住，臭罵了一頓。

□

「我的手能動了？」

狄念祖「咦」了一聲，本來坐在床沿，覺得臉頰有些癢，伸手抓了抓，才意識到自己的右手不知道什麼時候已經能動了。他試著動動右臂，只覺得手臂有些酥麻，並沒有太大異狀，但右腳仍然僵直著不能活動。

另一邊，月光滿足地托著一只小瓷杯，另一手抓著土司，沾著狄念祖的血吃，她的飲食習慣大致和正常女孩相差無幾，唯一不同的是，狄念祖的血對她而言，像是有神奇的魔法調味效果，直接喝、當作沾醬，甚至沖泡成飲料，都相當可口。

狄念祖不願在眾人面前餵食月光，一來覺得丟臉，二來更怕那些人之中還有其他傢伙也想有樣學樣，向月光討幾口飯。他知道月光好說話，肯定要將他大放送了，因此在晚餐時刻，狄念祖帶著飯菜回到自己房間進食，順便整備攜入地窖的隨身行李。

「血夠不夠？要不要多幾管？」狄念祖揉著胳臂這麼問，他說：「妳的技術眞好，早知道前天也讓妳抽血，就不用白白捱針了。」

他的手臂僵直了兩天，因此今天由月光替他抽血。月光對於這些醫療器材有著超乎常人的學習能力，前天看過狄念祖使用，今天翻翻說明書，便能應用自如。狄念祖也是今兒個見識過月光替阿囚包紮，才答應讓她抽血。

「夠了，我好飽，加上這裡的飯菜，我等於吃了兩餐飯。」月光用剩餘的土司將杯內抹得乾乾淨淨吃下肚，這才滿足地抹了抹嘴。

倏——

室內燈光陡然暗去。

「怎麼了，燈壞掉啦！」糨糊叫嚷起來。

「呃？」

狄念祖呆了呆，想起身看看，但突然覺得身上莫名地酥癢起來，本來能動的另一條腿，又變得不能動了。他一個不穩，摔倒在地。

「怎麼了，狄？」月光急急地問。

「我的腳動不了，啊呀，我的手……怎麼回事？」

狄念祖嚷嚷怪叫，他覺得自己的雙手竟然癱軟，像是關節消失了；但這樣的感覺只持續幾秒，手突然又能動了，但隨即又僵硬。他的雙腳也是如此，不停地一會兒僵硬、一會兒正常、一會兒又癱軟。

「我的身體變得好怪，唔……」

狄念祖在地上抽搐起來，這種怪異的感覺從他的四肢往身上其他關節蔓延開來，他的脊椎、頸骨、手指和腳趾都出現同樣的現象，整個人像個壞掉的機器人一樣扭動起來，身上各處關節都發出「喀啦喀啦」的細碎聲。

「狄……」月光扶起狄念祖，只聽見底下發出騷動，她警覺地喊著石頭和糨糊。石頭和糨糊這兩天身體和心智逐漸恢復，本來他倆趴在門口玩汽車，燈光一暗，立刻奔到月光身邊，一左一右地守著她。

「我們下去看看發生了什麼事。」

「怎麼回事？」「停電啦！」「是不是夜叉打來啦！」

一樓大廳、活動室以及地窖之中，都出現嚴重的騷亂，有些行李收拾到一半的房客們急急往樓下退，往活動室的方向逃。

以豪強為首的護衛團們，則紛紛自活動室的大簍子中挑揀武器，維持著秩序。

「別亂、別亂──」壽爺大喝著，急急下令。

數分鐘後，地窖中的發電機成功啓動，地窖、活動室、大廳乃至於各樓層中的備用小燈一盞盞亮起，這些小燈的線路都接往地窖中的發電機。

一個護衛團成員拿著望遠鏡，自外奔進活動室，急急嚷著：「夜叉退了！」

「退了？」壽爺愣了愣，和酒老頭互望一眼，神色中都有些不安。

「天黑前電話斷了，天一黑電也沒了，難不成……」酒老頭皺著眉頭，自豪強手上搶下望遠鏡，先繞到後門外的死巷中，朝著幾處高樓望去，果真見到本來駐守在樓宇上方監視的夜叉大都撤走了。

酒老頭臉色陰晴不定，又拿著望遠鏡奔回大廳，推開大門，到巷子裡四處張望，這頭的夜叉也不見蹤影。

「拉下鐵門。」酒老頭這麼吩咐。

「咦？夜叉不是退了嗎？」緊跟在後的豪強有些遲疑，但還是照著酒老頭的吩咐來到大門旁，揭開一只鐵箱、操作一番，將鐵捲門降下。

那鐵捲門位置奇特，是在大門內側，且相當厚重，發出轟隆隆聲。豪強等鐵捲門完全放下後，又揭起地上幾處小鐵蓋，自鐵蓋中拉出粗厚的鐵鎖，鎖住鐵捲門上的凹溝。

幾個護衛團在大廳鐵捲門下放同時，也趕往後門，放下同樣一道的鐵捲門，如此一來，前後門便封死了。

「哼哼……吉米這傢伙這次玩眞的了。」酒老頭冷笑兩聲，望了望始終守在櫃台前的黑風，對他嘿嘿一笑，說：「先前一直要你忍、要你別躁，今晚我隨你狂。」

黑風扭扭鼻子、抖抖尾巴，咧開嘴，笑著答：「你不隨我也不行啦。」

酒老頭回頭，望著身後眾人，有豪強、有壽爺、有貓兒、有幾個護衛團的漢子，以及剛剛下樓的狄念祖和月光。

「你們兩個怎麼還在那，還不下去和大家躲好，不要命啦？」酒老頭朝著狄念祖和月光喝道。

「老頭子老眼昏花！」糨糊厲聲斥罵：「我們明明有三個，公主、我、還有石頭，一共三個，你不要忽略石頭，他雖然不常講話，但他是我好兄弟！要是你把飯也算一個，那也是四個，不是兩個，哼！」

「糨糊——」月光立刻將糨糊拉到身邊，低聲訓斥幾句，又抬起頭問：「酒老闆，發生什麼事啦？」

「沒妳的事，乖乖下去躲著！」豪強不耐地搶著答。

「傻瓜，是白天那些傢伙要殺進來啦。」狄念祖低聲說。

「什麼？」月光呆了呆，問：「狄，你是說那些抓走阿囚的人嗎？他們不是答應酒老闆過兩天……爲什麼又……」

「妳上次被那個蜘蛛小妹妹騙了好幾次，還學不乖啊。」狄念祖沒好氣地說。

這頭，酒老頭正色望著豪強，說：「豪強，你再問一次你的人，他們想下去的，可以下去，不用勉強。」

「我的人不怕死。」豪強想也不想地答。

此時幾個護衛團成員跟在豪強身後，他們之中有些神情堅毅肅穆，有些則顯得猶豫不安，有些甚至形貌已變，不像人類了；他們手上大都拿著刀械和棍棒。其中有兩個女團員，一個身形粗壯，比豪強還高半個頭，若非她胸前雄偉，否則沒人知道她是女人；另一個女團員臉上生著些雀斑，蓄著短馬尾，便是前晚出聲斥責月光那女孩。她身材十分嬌小，但神情剽悍，腰間繫著幾把小斧頭，威勢可不比身旁一堆高她兩個頭的大漢差。

「我也不怕死。」小次郎揹著木刀，又自人堆後頭擠了出來，他本被酒老頭扔在地窖中，要王老師守著他和他的木刀；但他在電燈熄滅時，趁著王老師不注意，奪回木刀，又跑了上來。

「你這小鬼怎麼不聽話？」酒老頭見到小次郎又冒了出來，大喝一聲，怒氣沖沖邁開大步往小次郎走去，高高揚起手掌，像是要賞小次郎耳光。

「酒老。」壽爺一把攔住酒老頭，嘿嘿笑著說：「你慌啦？」

「……」酒老頭站定身子，冷冷望著小次郎。

「怎樣？」小次郎一點也沒被酒老頭嚇著，大搖大擺地擠開酒老頭，往門口走去，像昨晚那般拉了張凳子坐下。「早說過了大門讓我守。」

「酒老。」豪強也來到酒老頭面前，說：「我知道你擔心咱們安危，也不想讓大家怪罪那孩子，但這時候您老就別太見外啦，多一個人多一份力……」

「是啊，你大半天沒喝酒，腦袋不靈光啦？」壽爺從櫃台裡取出一瓶酒，拋給酒老頭。「你自個想想，外頭的死光了，地下的能活嗎？」

「……」酒老頭接過酒瓶，二話不說，揭開瓶蓋，大大灌了好幾口，接著吁了幾口氣，抹抹嘴，望了望小次郎。「小次郎，大門黑風守，你守地窖口——」

「聽到沒有。」黑風抖抖身子站起，身形一下子巨大起來，一把提起小次郎的後領，朝著貓兒一拋。

「哇！」小次郎在空中打了個轉，又被揪住後領，搖搖晃晃站直身子，見到是貓兒提著他，便出力掙扎，但覺得後頸陡地劇痛，貓兒在他耳邊說：「小老鼠，大人講話，你要是再鬧，姊姊我眞要生氣囉。」貓兒這麼說的同時，還將臉湊到小次郎臉旁，咧了咧嘴，發出兩聲尖銳的貓鳴。

「噫……」小次郎被那兩聲貓鳴嚇得身子猛一抖，臉色發白地落在地上。他站穩了身子，雖不服氣，但已不敢再有異議，甚至不敢直視貓兒的眼睛，又氣又委屈地奔向活動室，還沿途大聲嚷嚷。「守地窖就守地窖，有什麼了不起！」

「呿，小毛頭！」豪強哈哈大笑，原來小次郎身上帶有野鼠基因，平時天不怕地不怕，就怕貓兒凶他。

「你們怎麼還在這？」小次郎扛著木刀走進活動室，一股惡氣無處發洩，見到狄念祖和月光沒下地窖，而是聚著閒聊，便朝他們斥罵。「還不下去躲著，別妨礙老子殺夜叉！」

「小弟弟，我想……我可以幫忙。」月光這麼說，她聽狄念祖說那些夜叉要殺上門，本便想要幫忙，但剛才見酒老頭發怒，便也不敢向酒老頭提議，而是來到活動室裡待著。

小次郎抓了張凳子，在活動室正中央坐下，一手拄著木刀，威風凜凜地瞪著門，一副一夫當關的模樣。

阿介在活動室中的長桌上緊張兮兮地盯著監視器，同時又操作一台筆記型電腦，還不時偷瞄月光。

糨糊見小次郎有椅子坐，便左顧右盼，也想替月光找張椅子。他見到小次郎瞪著他，便問：「小孩，你一直看著我幹嘛？」

「我看你這小怪胎長得真滑稽。」小次郎大笑幾聲，又提高聲音對月光和狄念祖說：「你們確定不下去？小心待會沒命喲！我告訴你們，夜叉可凶得很——」

「不會的，我可以幫忙，我會保護你們。」月光這麼說。

「嘿，妳才剛來，倒挺講義氣。」小次郎見過月光的身手，知道她確實有點本事，然而他也見過狄念祖的狼狽樣，便不屑地指指狄念祖，說：「那這傢伙呢？他也不下去？他生病了嗎？怎麼身子抖呀抖地？是因爲害怕嗎？」

「小鬼……」狄念祖本來不排斥和大家一同躲進地窖，連行李都收拾好了，揹在背上，但他無端被小次郎這麼羞辱，可嚥不下這口氣。

狄念祖腦袋一轉，想起剛剛那些護衛團中沒見到鬼蜥和青蜥，想必也躲在地窖裡，要是他一個人下地窖，必定會被鬼蜥欺負，留在月光身邊，似乎更加安全。

他挪了挪身子，四肢感覺仍然十分古怪，關節不時僵硬、癱軟，他倚著牆，逞強說著：「你如果想下去，就趕快下去，不用怕丟臉，大哥我要在這指揮他們，沒時間照顧你。」

「飯，你不准下去，公主要打仗，你要當軍糧。」糨糊找了半天，覺得那些椅子看來又髒又舊；他見小次郎坐的是乾淨的椅子，又見他口氣不善，便想煞他威風。糨糊拉著石頭，轉起圈圈，變成一張小沙發，還附帶著一條小軟繩，鎖著狄念祖的腳踝。

「小孩，我們公主身分高貴，不坐你們這兒的臭椅子，只坐高級沙發椅。」糨糊這麼說，還喊著月光：「公主，請入座。」

「你這小怪胎還能這樣變！」小次郎雖早見識過糨糊和石頭的變身能力，但他終究是小孩子性格，此時見糨糊和石頭變身，便一臉好奇地湊上前去研究一番，還舉起木刀戳戳椅墊。

「你幹嘛戳我啊！」糨糊哼地一聲甩出一條黏臂，纏上小次郎的木刀。

「哇——」小次郎怪叫一聲，使出全力想奪回木刀，卻覺得糨糊力氣大得遠超出自己的想像。但他脾氣又臭又硬，可不願出聲向其他人求救，而是咬緊牙關，猛力穩住身子，但突然覺得前方一鬆，原來是糨糊突然放開木刀，讓小次郎向後滾倒，摔了個人仰馬翻。

「嘻嘻，笨小孩。」糨糊嘿嘿笑著，又細細碎碎地朝身後的狄念祖說：「飯，你的提議挺好，摔死這臭小孩。」

「哼哼。」狄念祖乾笑兩聲，見小次郎摔得不輕，倒有些羞愧，心想自己這麼大一個男人，在這危急關頭，只能對糨糊獻些詭計害小孩跌跤，他摸摸口袋，取出手機，手機電源雖然充足，但此時全無訊號，他想聯絡傑克都沒辦法。

「上頭怎麼啦？」花嬸探出頭來，見小次郎一臉狼狽，便問：「你真的不下來？」

「囉唆，快滾下去，老子負責保護你們！」小次郎抓著木刀，凶狠地瞪著糨糊和石頭變成的小沙發。

「吵什麼？」豪強領著幾個護衛團成員回到活動室，見到狄念祖和月光，便問：「你們不下去？」

「不，我想留在這裡幫忙。」狄念祖搖搖頭。

「好傢伙。」豪強見狄念祖身子搖搖晃晃，身子倚著古怪小沙發不住顫抖，月光則端坐在沙發上。豪強雖對這古怪陣容感到奇怪，但仍露出讚許的神情，對著月光和狄念祖豎了豎拇指。「我雖然不知道你們能幫上什麼忙，但你們有這個心，已經勝過底下一堆男人啦，以後你們在這個地方，有誰欺負你，報上我的名字——豪強！」

「謝謝你，豪強。」月光向豪強點點頭。

「咦？臭牛，你也在上頭，眞稀奇，該不會是要上來拉屎吧。」豪強轉頭，見到四角靜靜盤腿坐在角落，便出言奚落他。

「山豬。」四角緩緩開口。「我和你不對盤，那是我們之間的私人恩怨，我是幫酒老、幫大家，你有意見？」

「好！」豪強伸出拳頭，在自己臉上打了兩拳，大聲說：「臭牛，你說得對，是我不對，我們之間的事，以後再談，今晚大家要齊心合力！」

四角也沒理會滿腔熱血的豪強，只是靜靜閉著眼睛，像是思索著許多事。

豪強也不介意四角的冷淡，而是更加興奮地搓著手，大聲演講起來，講的都是些大難臨頭大家要團結一心的言論，還來到活動室一面大白板前，拿著白板筆畫了起來，他畫的是華江賓館中的大致結構。

「大家看好，我們就在這個地方，這是作戰指揮部，由我豪強代酒老坐鎮指揮。」豪強指著白板上一處空間。

「不，這邊公主最大，公主才是總司令。」「豪強哥，你們護衛團去守外頭，不要和我的突擊隊搶地盤！」糨糊和小次郎齊聲抗議。

「嘖……」豪強不想理會他們，繼續指著白板上的幾塊區域，依序說著：「夜叉如果來襲，便只能破咱們前後鐵門，或是自頂樓往下打，又或是破壞鐵窗強攻。現在正門由黑風把守、後門由貓兒看管、樓梯口守著我們護衛團的人，酒老和壽爺在各樓層巡邏，我們指揮部隨機應變，看哪兒需要幫忙便立刻趕去，知道了嗎？」

「喔……」護衛團此時的身分雖然都是豪強的下屬，但平時大家同為房客時，大都平起平坐，此時即便一心禦敵，但也沒有將豪強當成長官的習慣，聽豪強激昂嚷嚷，也只是冷漠應對，只有兩、三個平時和豪強要好的忠心漢子大聲應答。「知道了，豪強哥！」

「石頭、糨糊，待會你們也要小心，還要保護好狄喔。」月光坐在小沙發上，摸著自兩旁冒出來的小糨糊和小石頭腦袋這麼說。

「知道了，公主！」糨糊扯著喉嚨，不願被護衛團比下去，硬是喊得更大聲。他還甩了黏臂，打了狄念祖肚子一拳。「飯，你怎麼不回答！」

「操，你們公主是在對你們說話，我回答什麼？而且我不是軍糧嗎？軍糧回答個屁！」

狄念祖摀著下腹，只覺得身體變得更古怪。他的四肢雖然不像剛才那樣無力，但各處關節又麻又癢，不停發出喀啦啦聲，但他話已出口，不願收回，更不願下去被鬼蜥欺負，便死撐著身子站著。

「小孩，你剛剛說你是突擊隊，你的部下呢？」糨糊故意對著小次郎問。

「他們的媽媽不讓他們上來。」小次郎哼哼地說。「關你屁事，你們也只有兩個人。」

「你說什麼啊，我們是三個人加一個飯，我們是公主軍團！」糨糊哼哼地說。

CH08 鐵巨人

活動室中靜默一片，豪強等人席地而坐，有些人已經躺平，抓著幾塊坐墊當床，打起瞌睡。

狄念祖倚著小沙發歇息，他的雙手和雙腳已不再發抖，但麻癢感始終揮之不去。糨糊和石頭早已睡成一團。他倆一睡著，小沙發便變了形，癱成一坨怪形怪狀的東西，月光則是倚著睡死的糨糊和石頭閉目養神。

「嗯……」阿介揉揉眼睛，盯著監視螢幕半晌，又揉揉眼睛，突然像是發現什麼似地，他低聲喊了豪強幾聲，見豪強打著瞌睡，便又多喊了幾句。

「怎麼了？」四角先站起來，大步走向阿介，去看監視螢幕，只見六樓廊道間出現了幾個模糊身影。

在此同時，酒老頭和壽爺聚在二樓樓梯間轉角處，一個喝酒、一個喝茶；黑風伏在櫃台前打著盹，不時抖抖尾巴；貓兒則在廚房中一張椅子上看書。

他們同時停下動作。

酒老頭一口喝乾半瓶酒，挺直身子大大伸個懶腰，抬頭望著向上的樓梯。

壽爺將手上的花生米全塞入口中，拍落手上的花生米屑，站起身來，四顧張望。

黑風睜開眼睛、吸了吸鼻子，弓起身。牠的黑毛豎起、骨架膨脹、咧開嘴低吼兩聲，嚇醒了三個一同看守大廳的護衛團成員。

貓兒放下手上的書，坐直身子，默默望著通往後門的小廊道。

「豪強！」四角大聲一喊，將豪強等人全嚇醒了。

「怎……怎麼了？」豪強跳了起來，踩著地上的斧頭木柄，差點摔倒。他四顧張望，只見小次郎早已扛起木刀，做起暖身操。

他見到狄念祖、月光、四角等都湊在長桌那兒，便也趕了過去，揉著眼睛仔細看螢幕。

六樓那幾個怪異身影，身形瘦小，彎駝著背，動作像是猿猴，賊兮兮地在幾間房中來回搜索。

接著，三樓出現一個巨大的傢伙，那大個兒有三條胳臂，身材極高、上身赤裸，僅穿著一條短褲，乍看之下有些像摔角選手，手腳卻顯得異常細瘦，和巨大的身軀顯得格格不入。

「這些東西不是夜叉，是羅剎！」豪強瞪大了眼睛。「那個渾蛋吉米果然想硬幹，所以才調走夜叉——」

「什麼？」小次郎一聽來者不是夜叉，而是羅刹，不免有些失望，他問：「羅刹又是啥玩意啊？和夜叉哪個厲害？」

「你們幾個快去樓梯口守著！」豪強一面指揮護衛團，一面向小次郎和狄念祖等人說著：「別大意，羅刹比夜叉更凶，羅刹眼中只有殺戮，沒有紀律也沒有分寸，吉米派羅刹而不派夜叉，是想將我們全滅口，連那小孩也不要啦！」

豪強嗓門大聲，早已驚動地窖，幾個男人探出頭來，都問：「真打來啦？」

「是啊，快躲進去，這樣死得慢點。我們上頭死光了，才輪到你們，別怕。」豪強大步走去，瞪大眼睛嘲諷著那些傢伙。

「豪強，你不必這樣。」四角冷冷地說：「把心思放在外頭那些傢伙吧，這地方你守還是我守？如果你守，我就去外頭幫忙。」

「嘖……」豪強哼哼地扭著鼻子，拍拍腰間幾把開山刀，像是猶豫不決，他抓抓頭，說：「我去外頭，你留在這兒。」

「我們也去幫忙。」月光這麼說，糨糊和石頭早已準備好，糨糊伸出黏臂，捲起狄念祖，跟在月光左側。

「公主……用什麼？」石頭則是來到月光右側待命，隨時準備化成武器。

「放我下來，我自己能走！」狄念祖被糨糊勒得難受，便出力掙扎，在月光的指示下，糨糊這才放開狄念祖。狄念祖左顧右盼，也從簍子裡挑了柄消防斧頭帶在身上。

豪強領著護衛團剛出活動室，便聽到前門和後門的方向都傳出騷動聲，以及鐵捲門掀動聲。

「酒老、壽爺、貓兒，提神點，敵人來啦，不是夜叉，是羅剎，大家小心——」豪強大聲吼著，提著開山刀來到大廳，只見幾隻詭怪黑手自底下抬動鐵捲門，顯然外頭的大門已被卸下了。

由於地上有四只大鎖，牢牢鎖著鐵捲門底端，那些黑手無法將鐵捲門整個掀開，僅能將鐵捲門抬高數吋。

「好樣的！」豪強大喝一聲，提著開山刀就要去斬那些手。

「小心——」黑風倏地躍起，撞開豪強，同時眾人看見一條黑色長物筆直自那鐵捲門縫竄出，自豪強臉旁掠過，差一點就要撞在他臉上。

「什麼東西？」豪強和護衛團的人大吃一驚，這才見到竄入大廳的是一條有成人大腿粗的黑色大蛇。

這大蛇古怪的地方在於只伸入半截身子，且動作不像蛇，較像章魚觸手，能夠隨意亂打。

黑色大蛇在大廳中來回揮掃兩記，蛇頭上兩顆眼紅光閃爍，再次凶狠地竄向豪強。

「喝——」豪強猛地揮刀一斬，斬落了蛇頭，長蛇斷身跌落在地，抖了抖縮回去。

「想逃？」豪強想追上去再斬，只見鐵捲門轟隆隆震動起來，又有兩條一模一樣的大蛇竄進來，一左一右捲向豪強。

「吼——」黑風拔聲大吼，撲下一條長蛇，咬著長蛇頸子，和長蛇纏扭起來，黑風像是刻意不使出全力咬合，而是將長蛇往裡頭拖拉，但怎麼也無法將長蛇拉進大廳。

另一條長蛇則捲上豪強的身子，豪強掐著黑蛇嘴巴，只見黑蛇嘴裡一排銳牙十分嚇人，正常蛇牙可不是長這樣，這更像鱷魚口裡的牙。

幾個護衛團持著刀械上前，胡亂斬著那兩條長蛇，同時，又有一條長蛇捲進來。

「小心！」月光高叫一聲，提著石頭快速趕上，她踏著一張倒在地上的椅子，蹦了個老高，只見第三條長蛇正要捲上一個護衛團團員，也不等石頭變形，便直接將石頭扔擲出去，轟隆砸在長蛇身上，將長蛇轟砸下地。

石頭二話不說，騎在長蛇身上就是一陣亂打，此時石頭體型已幾近復原，力大無窮，一拳一拳將第三條長蛇身子搥得癟爛，才又奔回月光身邊待命。

另一邊，纏著豪強的那隻長蛇已被斬得亂七八糟，但長蛇身上傷口卻不停蠕動，冒出一條條小蛇。

「哇，這些傢伙身上帶著『再生基因』，斬不死吶！」豪強怪叫著：「要打壞牠們身子裡的『再生核』才行，再生核肯定不在頭上，難怪這些傢伙半截身子躲在門外不鑽進來，媽的！」

「哼！」黑風怪吼一聲，鬆開那條長蛇的頸子。原來牠咬著長蛇不放，一堆小蛇自傷處長出，想攻擊黑風的嘴。大蛇落地扭了扭，又襲向黑風。

黑風怒吼一聲，兩條後腿變形暴長、站立起來，且胸肋膨脹隆起，兩隻前足展開成如同靈長類的胳臂，爪子也變得又大又靈活，一把抱住襲來的大蛇，按著牠的頭往地上一砸，利爪銳牙亂扒亂咬，將大蛇的身子扯了個稀爛。

大半截怪蛇落在大廳裡扭動半晌，傷處伸出一群小蛇，但由於失去再生核養分供給的關係，無法無限增生，亂扭一陣之後便一動也不動了。

長蛇一條接一條自鐵捲門縫隙鑽入，且底下還伸入幾支油壓剪，破壞起門下的大鎖。

「可惡，沒完沒了啦！」黑風變化成獸人模樣時，脾氣似乎變得暴躁許多，他憤怒地吼罵著：「這些怪傢伙的本體在外頭，打也打不死，這地方太小，施展不開，要剪鎖是吧，讓你剪，你剪開了門，剛好出去宰你們！」黑風一面罵，一面後退，不再和那些大蛇正面衝突。

「可是……就怕外頭有其他埋伏啊！」豪強這麼說，猶豫不決不知是該殺去阻止敵人剪鎖，還是照黑風的說法，等敵人破了門再正面殺出。但黑風後退，他一人無法硬扛數條大蛇，便也跟著後退。

「糨糊，搶牠們的工具；石頭，變大手銬鎖住牠們，小心別弄斷牠們！」月光見豪強和黑風向後退，大廳騰出了空間，便領著石頭和糨糊上前接戰。

「呀——」糨糊揮出八條黏臂，避開大廳正中五條長蛇，自牆沿、地板、天花板四面飛快竄向大門，其中四條黏臂纏住門下四柄油壓剪，另四條黏臂自地上摸著刀械和酒老頭的酒瓶，伸出門外亂打一通，將外頭的傢伙砍了個措手不及，將四柄油壓剪全搶到手。

同一時刻，月光捧著石頭，像拋壘球似地將石頭再次高高拋出，石頭在空中滾動變形，幾條長蛇試圖攻擊石頭，但全被石頭撞開。石頭落到鐵捲門旁，身體快速變形，變成五只串連大銬，緊緊鎖住五條長蛇的軀體，還伸出一條石桿向後延伸，指向月光。

「把蛇拉進來——」月光抓著石頭大銬伸來的長桿往後拖拉。

「公主，我來幫忙！」糨糊也揮出更多黏臂，纏上大蛇身子，和月光一同將五條大蛇往裡頭拖拉，同時還以抓著油壓剪和刀械的黏臂，偷打五條大蛇的腦袋。

「別傷牠，牠的傷口會長出小蛇！」豪強在後頭提醒。

「是嗎？那又有什麼了不起，我也會長更多小糨糊——」糨糊見到五條長蛇身上的創口生出小黑蛇，便也不甘示弱地讓黏臂伸出細黏臂，和那些小黑蛇纏鬥起來——但那些生著眼睛的小黑蛇每條都有自由意志，而糨糊只有一個腦，這頭指揮起三條小黏臂大戰兩條小黑蛇，其他十幾條小黏臂一疏忽了，便被其他小黑蛇咬得兵敗如山倒。

「好痛，到底是誰偷咬我！」糨糊氣得哇哇大叫，不再和小黑蛇糾纏，而是揮舞著刀械，亂斬小黑蛇和大蛇腦袋。

「哇——拖進來啦！」「原來是同一條！」月光後頭觀戰的護衛團和強豪、黑風等可看傻了眼，眼見大蛇連同外頭的身子都被拖拉進來，但不是他們料想中的五條蛇，而是五條蛇身連著一坨濕淋淋的軟黏肉瘤，這怪玩意整體看起來更接近一隻章魚。

這怪異的「章蛇」被拖進大廳，像是水中的魚被拉上岸似地痛苦掙動起來。

「這小丫頭真有一套！」豪強和黑風互望一眼，搶上前去，豪強一刀朝怪章蛇的球體身子斬去，黑風緊接著在章蛇球體身子破口處凶猛亂扒一通，從中扯出一團狀似果核、還猶自蹦蹦彈動的小球體，噗地一把捏碎。章蛇本來被斬開身子時還奮力掙動，但是當黑風將小球體——再生核捏碎後，便瞬間像是洩了氣的皮球般軟下，五條蛇身紛紛摔落。

轟隆——

隨著大章蛇死去，只聽見外頭騷動起來，且夾雜著轟隆隆的汽車引擎聲，鐵捲門外的敵人們似乎暫時放棄這條戰線，門外的騷動聲逐漸遠去。

狄念祖在後方觀戰，只想這惡戰發生在市區巷弄中，想必要嚇壞鄰近居民，就不曉得明天之後新聞會如何報導了。他正胡思亂想間，只覺得身子一輕，糨糊又將他捲了起來，月光領著石頭和糨糊趕往後門支援。

但見擋著後門的鐵捲門早被破壞，五個護衛團成員拿著刀械，守住了通往大廳的廊道、廚房和後門處；四處堆積著不少羅剎屍骸，都是些說不出究竟是什麼的怪異獸類，月光領著石頭、糨糊一路奔出後門，來到華江賓館後方的死巷中。

只見死巷中橫躺著兩具巨大的屍骸，屍骸身上遍布爪痕，一個頸部有道大裂口，另一個胸膛被剖了開來。

貓兒站在其中一具屍骸上，一手捧著一個像是心臟般的東西，此時的貓兒耳朵豎起，臉龐生著細毛，一雙帶毛大手上長著數只如同尖刀般的銀亮利爪。

貓兒低垂著頭，捧著猶自彈動的心臟，像是正在品嚐，一聽背後傳來聲音，緩緩回過頭，見是月光和狄念祖，便向他們微微一笑。

「喝——」狄念祖和月光被貓兒這副模樣嚇傻了，但見貓兒踉蹌地自羅剎屍身走下地，搖晃兩下便撲倒在地，這才知道貓兒受傷極重，趕緊上前攙扶。

「我沒事，兩個大羅剎不怎麼樣，但鐵門被打壞了，就怕一堆小羅剎殺進來。」貓兒這麼說，臉上長毛漸漸退去，大爪也逐漸恢復成人手，她的小腹有條又深又長的可怕破口，淌著潺潺鮮血，甚至隱約可見內臟。

「貓姐——」兩個護衛團成員立刻提著急救箱趕來，將貓兒扶進廚房，讓貓兒躺上躺椅，月光和生著雀斑的護衛團馬尾女孩，一左一右地替貓兒消毒、包紮。

同時，三個護衛團成員，七手八腳地修築起被推歪了的鐵捲門，拉來鐵櫃擋著，以防體型較小的羅剎自空隙擠進來。

「前門狀況如何？」貓兒這麼問。

「前門是條……」月光一時間難以形容大章蛇的模樣，她便說：「前門的敵人好像暫時退了。」

「妳別管我，去上頭幫酒老他們。」貓兒對月光這麼說：「我休息一下，等著宰下一波羅剎。」

「好。」月光點點頭，呼喊著石頭和糨糊，繞到樓梯口，往二樓前進。

二樓兩端都發出打鬥吵鬧聲，幾個護衛團成員抵抗著十數隻身形和長相都類似猿猴的小異獸，這些猴獸手上拿著彎形刀刃，四處蹦跳。

幾個護衛團成員當中爲首的是那高壯女人，她臂力極大，雙手各拿著一根長鍬，不停逼退兩面來襲的猴獸，她見月光上來，便舉起一根長鍬，向上一指，大聲說：「去幫酒老，這兒沒問題。」

「好。」月光見這些小猴獸一時片刻不成威脅，便繼續向上，糨糊這一路沿途撿了些掉落的刀械、棍棒、小斧，加上四柄油壓剪，儼然成了個小型移動兵器庫。

狄念祖持著消防斧跟在最後，被糨糊的黏臂拉著跑，他一路來到三樓，只見長廊一端有個單膝跪地的身影，是壽爺。

站在壽爺面前的，便是剛剛在監視器前看到的身材高大、生著三隻手的怪傢伙。

那大個子的腦門幾乎要貼著天花板，一張臉也很長，嘴巴微微張開，還淌著口水，雙眼茫然無神，一副痴呆模樣。他的右手下方還生著一隻稍微短小的手，但也比尋常成年男人的手臂要長上將近一倍，他高高舉起左手，往壽爺打去。

壽爺向後一滾，閃過這記攻擊，奮力站起迎戰，但小腹隨即捱了大個子直直踢來的一腳，將壽爺踢得向廊道這頭飛來。

「壽爺——」月光急忙上前，接著壽爺。「你沒事吧？這傢伙也是羅刹嗎？」

「別……別管我……」壽爺的臉上騰浮著彎彎曲曲的異色筋脈，他吐了口血，推開月光，伏下身子，像是想和大個子奮力一搏。「這兒交給我，妳上去幫酒老，他碰到的傢伙更凶惡。」

「可是……」月光有些猶豫，壽爺顯然受傷不輕，她無法坐視不管，但一聽酒老頭的對手更強，處境或許更加危險；她轉身從糨糊抓著的那批刀械裡，抓了把消防斧，向糨糊和石頭下令：「你們兩個幫壽爺解決這傢伙，再上來找我。」

月光急急奔上四樓，還高聲喊著：「記得保護狄！」

「公主——」糨糊和石頭都有些爲難，他倆雖然不想離開月光身邊，但由於他們天生便服從月光號令，在臨戰時刻，這樣的性格特徵更加明顯。

「石頭，幹掉這個大怪物，趕快追上公主！」糨糊怪叫一聲，揮動四柄油壓剪和刀斧棍棒，呀呀朝著大羅刹殺去。

「嗯！」石頭附和一聲，原本一雙短手向外延伸，變化成一柄大槌和一把斧頭，緊跟在糨糊身後。

「你們兩個回來，大羅剎很厲害——」壽爺驚訝喊著，卻見狄念祖也自他身旁掠過，往那大羅剎撲去。

但狄念祖是被糨糊硬拉過去的，他駭然叫著，只覺得糨糊綁著他腰際那條黏臂力大無窮，他像是風箏般雙腳都被拖離地面。

「我斬——」糨糊見那大個子手長腳長，衝到離他三公尺遠便陡然停下，但十來條黏臂卻未停下，而是更加猛力地朝大個子砸去。

「喝！」大個子三隻長手同時一撥，將襲來的十來條黏臂全撥擋開來，那些油壓剪、小斧頭、西瓜刀、鐵鋁棒等武器，砸在大個子瘦長的胳臂上，像是砸在鐵條上，發出類似金屬碰撞聲。

「嘩，身體這麼硬？」糨糊有些訝異，但立刻應變，他扭動身體，黏臂生出分支，纏上那大個子全身，那些拿著武器的黏臂則不停往大個子身上空隙劈砍，但也僅能砍出一些淺痕，無法對他造成更大的傷害。

大個子的三隻手並未反擊糨糊那些黏臂，因爲石頭同時殺來，大個子一手抓住石頭左手化成的斧，一手抓住石頭右手化成的槌，多出的一隻手便狠狠往石頭雙眼插去。

只見石頭眼睛一閉，臉面瞬間變化，竟也冒出一隻手，和大個子第三隻手牢牢互抓，比拚起力氣，而石頭的臉面，則轉移到靠近腰際處。

「呵……眞瞧不出來你們兩個小傢伙這麼厲害。」壽爺似乎鬆了口氣，接著深深吸起一口氣，那口氣可眞長，他一面吸氣，一面舉起右手，他的右手突騰起彎彎曲曲的筋脈。

「這東西是鐵做的嗎？」糨糊噫呀怪叫，眼見大個子力氣大過石頭，三隻瘦手將石頭逐漸壓向地面，石頭的三臂不停崩出裂痕，又不停修復，石頭的身子本來便和糨糊一樣能任意變化，倘若是尋常石材，早已被大個子捏得崩裂了。

「他不怕打，別用打的，用油壓剪剪他——」狄念祖在糨糊身後喊著：「剪他眼睛、剪他鼻孔、剪他嘴唇，剪他……剪他奶頭！」

「什麼剪？」糨糊從沒聽過這種東西。

「就是前端像螃蟹大螯的鉗子，後頭有兩根桿子，對對對，就是那把！」狄念祖眼見石頭三臂崩裂的速度漸漸大過復元的速度，不停有碎片自石頭身上剝落，扯著喉嚨急急喊著：「先鉗住他，然後不停壓動那支短桿子。」

「這怪東西就是油壓剪啊，我有四支耶！」糨糊照著狄念祖的吩咐，將四柄油壓剪分別夾上大個子的鼻子、嘴唇、左耳和右胸乳頭上，接著操作起油壓桿，不停加壓。

「唔！」大個子起初似乎仗著自己一身銅皮鐵骨，並不把油壓剪放在眼中，但油壓剪本來便是專門用來剪斷鋼筋鐵條的工具，隨著糨糊不停操作加壓桿，大個子終於意識到這四柄怪東西的威力不容小覷。

「笨糨糊，搖快一點、再快一點，石頭就要被捏碎啦——」狄念祖大叫。

「臭飯別吵！」糨糊噫呀怪叫，他並非不想快點解救石頭，但他同時操作太多黏臂，早已手忙腳亂。他聽狄念祖這麼喊，望了石頭一眼，只見石頭雙眼淌淚、渾身崩出裂痕，三條石臂炸出石屑，像是疼痛至極。糨糊大叫一聲，使出了吃奶的力氣，飛快搖動四柄油壓桿。

四柄油壓剪的鉗子快速挾合，大個子終於發出難聽沙啞的嚎叫聲。

「唔……唔唔……」石頭身上裂痕增加的速度開始減緩，大個子被四柄油壓剪同時鉗住四處痛點，以致於難以出力。

喀、喀喀喀——

大個子的右耳、鼻頭、嘴唇，和右邊乳頭，同時發出了鐵皮給剪斷的聲響。

「啊！」大個子怪叫一聲，終於鬆開三手，氣憤地抓著糨糊的長臂亂扯，但糨糊長臂又黏又軟，本便不怕拉扯，即便大個子力大，也不過像是拉麵團般將黏臂拉得更加細長，糨糊不痛不癢。

大個子吼叫著，像是注意到糨糊的本體和後頭的狄念祖，他沉聲一吼，就要殺來，但被石頭攔腰一抱，撲倒在地。

「打……打死你！」石頭騎在大個子的胸上，三臂伸長，抵住大個子三隻長手，接著又抖動身子長出第四臂，又化出個大鎚子，朝著大個子的臉面一陣亂打，發出如同雷劈的巨響。

「笨石頭，你擋著我怎麼剪他？」糨糊噫呀怪叫，他本見這招有效，興奮地要再剪大個子的眼耳口鼻，但見石頭雖將大個子撲倒，但也同時遮住了大個子的臉，便氣憤罵著。

「不要緊，還有很多地方可以剪！」狄念祖提醒糨糊：「他還有另一個奶頭，快剪！還有……他褲子裡頭也有很多東西可以剪，快點，石頭力氣又不夠了！」

石頭抵著大個子的三臂又開始崩裂，但仍然不停揮動大鎚，敲擊大個子臉面，石頭只覺得奇怪，這傢伙的臉也太硬了。

「哇，眞的有東西啊！」糨糊以黏臂探入大個子褲子裡，果然摸著奇怪的東西，他嚷嚷著：「我想起來了，飯，你褲子裡也有這樣的東西，不過他的大了許多，而且硬得像鐵一樣……」

「廢話，他是怪物，我是人！」狄念祖急急催促：「你快剪啊！」

「嗯？兩顆鐵蛋、一根棍子，剛剛好呢……」糨糊扯裂大個子的褲子，將三柄油壓剪全往大個子胯下伸去，分別鉗住了該鉗的東西，然後快速搖動加壓桿。

「哇——」大個子發出了撕心裂肺的哀嚎聲，雙腳亂踢亂踹，驚慌掙扎起來，但他三隻胳臂力氣全失，被石頭三手緊緊抓著。

啪啪啪三聲齊響——

全部剪斷——

「唔……」狄念祖聽見同時迸發的破碎聲和那大個子的慘嚎聲，不禁退了兩步，夾了夾雙腿，彷彿能感受到他的痛苦。

「吼——」大個子發出震天吼聲，自地上掙扎起身，一把將石頭自他身上扯下，想要殺向糨糊和狄念祖，但只走了半步便摀著胯下，痛苦地彎下腰，像是受了重傷。

「狄，還要剪哪裡？」糨糊連忙問。

「呃……」狄念祖慌張想著：「我想想……啊，剛才不該一口氣剪爆，應該慢慢剪才對……現在……」

「吼——」大個子憤怒大吼，又往前衝了幾步，但又被石頭自後方抱住，大個子反手一搥，將石頭轟隆打進３０４號門裡。

狄念祖和糨糊先是一驚，接著只見一個身影自他們身旁掠過，是壽爺。

壽爺的右手變得粗紅一片，五指併攏，直直插進大個子的臉面，自後腦穿出。

大個子連吼都吼不出聲了，但將要倒下前，仍然揮動鐵臂，攔腰打在壽爺身上，將壽爺打倒在地，壽爺的紅手也順勢抽離了大個子臉面。

狄念祖和糨糊見壽爺和大個子雙雙倒地，一動也不動，連忙趕上去，扶起壽爺。

「老頭，你有這一招為什麼不早點使出來呀？」糨糊捲起壽爺，見他眼睛微睜，便這麼問。

「我這招啊……要花好幾分鐘集中力量……多謝你們替我……拖延時間啊……」壽爺虛弱地說，又咳了好幾口血。

「好了，先送他下去，我們再上去找月光。」狄念祖這麼說。

「對喔！」糨糊猛然想起月光已殺上四樓，也不再多問，黏臂捲著壽爺，繞過長廊，往樓下探，聽見樓下的護衛團騷動嚷嚷起來，便鬆開黏臂，隨意扔下壽爺，牽著狄念祖繼續向上。

四樓、五樓，遍地屍骸，就是沒有酒老頭和月光的蹤影。

狄念祖和糨糊、石頭來到六樓。

通往頂樓的樓梯方向，似乎有些踏地聲，然而六樓廊道轉折後，也傳出不小的騷動聲。糨糊左看看、右看看，一時不知該上頂樓，還是先搜六樓。

「石頭，你上去看看公主在不在上面，我往這邊。」糨糊指著頂樓方向，這麼吩咐石頭，自個兒則牽著狄念祖，急急往廊道另一頭轉去。

「唔……」石頭雖然有些遲疑，但也照著糨糊指示，乖乖上樓。

□

當糨糊和石頭齊力抵抗那叫作「鐵巨人」的大羅剎時，月光正獨自持著消防斧，循著樓梯向上。

四樓至六樓，都不見酒老頭，月光繼續往上，來到頂樓。

華江賓館的頂樓視野不像她先前待過的山間廢墟宿舍那樣遼闊，四面八方都是樓房。

酒老頭站在頂樓中央，此時他的模樣十分古怪，額頭上生了一隻微微向上彎翹的犄角，他兩隻手肘處，也各有一根大小如同竹筍般的鈍角，一雙拳頭指節末端，也有長短不一的鈍角，乍看之下就像是戴著指虎。

酒老頭身上這些犄角都染著血，也不知是他自己的血，還是身前身後七個羅剎的血。

七個羅剎三個倒著、三個站著、一個彎著腰，摀著淌著血的腹部。

三個倒著的羅剎，一動也不動，像是死了；三個站著的羅剎，其中兩個身材又高又瘦，一個四隻手、一個五隻手，都赤裸著上身，僅著短褲，模樣和此時三樓的鐵巨人如出一轍。

另一個羅剎雙手低垂，上身也赤裸著，體色青灰，後背長著一對如同老鷹般的翅膀，他的一雙眼睛分得極開，幾乎長在正常人太陽穴的位置，且又大又凸。

彎著腰的羅剎模樣古怪，頸上連著兩顆腦袋、一大一小，背後還有一個變了形的腦袋，他一雙胳臂粗短鼓脹，指間還有蹼。

「妳上來幹嘛？快下去……」酒老頭胸口緩緩起伏，他這話雖然是對著踏上頂樓的月光說，但一雙眼睛卻牢牢盯著後背生著翅膀的鳥人羅剎。

兩個鐵巨人和那三頭羅剎，在月光上樓時，都同時轉頭望向月光，但鳥人羅剎卻沒轉頭——他又大又凸的怪異眼睛直接便盯著月光。

「酒老闆，我是來幫你的。」月光這麼說。

酒老頭哼了聲，瞥了月光一眼，像是想罵她幾句，但嘴巴咕噥兩聲，卻沒將話說出口，而是指指負了傷的三頭羅剎，說：「這笨傢伙交給妳好了。」

「呀——」三頭羅剎聽酒老頭瞧不起他，氣憤地叫了聲，由於他有三個頭、三張嘴，因此叫嚷時也是三股聲音融合在一起，像是和聲。

三頭尖叫同時，已經張開那雙長著蹼的大手朝著酒老頭撲殺而去。

酒老頭在三頭揮來巴掌時，同時側身揮肘，轟隆一聲，重重以手肘撞在三頭側身肋骨處，手肘上的犄角直直沒入三頭體內。

「哇——」三頭的三顆頭同時發出慘嚎，但酒老頭拉回右肘，左拳轟然勾進三頭的胸肋之中，將三頭打得彈離水泥地面，三頭騰浮在空中時似乎就失去了意識，他的胸口凹陷了一個大坑，落下地時，一動也不動了。

剩下三個羅剎。

「現在沒妳的事了。」酒老頭這麼說，又將目光放回鳥人身上。

鳥人向左走了走，又向右走了走，月光這才注意到他的一雙腳模樣像是禽類的爪，走起路來有些不自然，但爪子力道十分強大，將樓頂的水泥地面都抓出一道道痕跡。

兩個鐵巨人前後圍向酒老頭，他們一個四手、一個五手，當他們離酒老頭只有兩公尺時，九隻手中同時有五隻手一齊揮拳，打向酒老頭。

酒老頭向前矮身一撲，閃開前後五記拳頭，他撲至四手鐵巨人身懷間，順勢揮肘撞擊鐵巨人的腹部，但鐵巨人的皮肉筋骨遠較剛剛那三頭強健，被酒老頭這麼一撞，也只是向後退了兩步。

兩個鐵巨人繞起圈圈，一前一後圍著酒老頭，接連出拳、偶爾踢腳，他們手腳皆長，能在兩公尺外發動攻擊。

酒老頭一雙生著犄角的手臂也十分強健，虎虎生風地掄動，擋下一記又一記的攻勢。

這頭，鳥人背後一雙羽翅張開，大開大闔地撲拍起來，身子漸漸騰空，越飛越高。

酒老頭一面格擋兩個鐵巨人的攻擊，一面抬起頭，留意鳥人的動作，這麼一來，便稍稍分心，被鐵巨人攔腰打了一拳，滾了三圈才又挺直身子。

倏地好大一聲尖銳長嘯，緩緩升空的鳥人像是飛彈一樣朝酒老頭射來，一腿直伸，銳爪大張，直取酒老頭胸膛。

一個飛影同時射到，打在鳥人的大腿上。

是月光擲來的斧頭。

鳥人身子一翻，飛撲伏倒在離酒老頭三公尺外，惡狠狠地瞪著月光。

「臭丫頭……」酒老頭哼哼兩聲，他在鳥人竄來時，已將生著犄角的手肘架在胸前，他放下架勢，吐了幾口血。「妳不來搗蛋，我已經廢了他的爪子。」

兩個鐵巨人不再夾擊酒老頭，其中一個朝著月光大步走來。

月光此時手上沒了武器，她左看看、右看看，斧頭還嵌在鳥人大腿上，四周也沒刀械可以撿拾。

「看前頭——」酒老頭大喝，一面擋下來襲的五手鐵巨人，將之拐倒在地，轉身就要趕去救援月光。

但見月光在酒老頭幫忙前便已展開動作，她身形靈巧，閃開四手鐵巨人兩記拳頭，繞到他身後，一腳踩向四手鐵巨人膝後腳彎處，踩得鐵巨人跪了下來，接著高高躍起，在鐵巨人後腦上蹬了一腳，將鐵巨人蹬得向著地面撲倒。

四手鐵巨人怒喝一聲，就要撐起身來，但月光不讓他起身，早已躍起，雙腳重重踩在他的後背，又將他踩得貼在地上。月光踩著四手鐵巨人雙肩，一彎腰，雙手一探，掐住他下巴和兩頰，雙手雙腳一齊使力，這動作看來像個農家女孩準備採收西瓜，然而月光雙手捧的可不是西瓜，而是鐵巨人的腦袋，這踩肩拔頭的怪招可讓四手鐵巨人發出慘烈的哀嚎聲。

「哼！」月光猛然出力，竟將鐵巨人的腦袋硬生生向外拔長了兩吋。

「唔唔……哇！」四手鐵巨人瞪大眼睛高聲慘叫，慌亂地掙動起來，奮力抬起兩隻手往背後要撈月光。

月光突然放開鐵巨人腦袋，反手握住鐵巨人向後掏撈的兩隻手腕，猛力將他右手往左扳、左手往右扳，扳成了交叉姿勢，接著向上微微一跳，一腳重重踩在鐵巨人雙腕交叉處，將鐵巨人那雙手交叉角度一下子踩到底，只聽見喀啦兩聲，鐵巨人再次發出慘痛嗥叫聲，他的肩骨關節被月光踩壞了，左臂貼著右肩、右臂卡在左肩，一雙鐵手被拗折成完全相反的方向。

「住手吧，你們離開這個地方，不要來欺負人了。」月光這才躍下四手鐵巨人的身子，轉頭看向酒老頭。

酒老頭一面閃避五手鐵巨人的攻勢，一面抬著頭看天，原來鳥人又飛上天了。

「小心頭上——」酒老頭大吼一聲。

月光只感到頭上一陣狂風逼來，連忙向旁撲倒，只感到後肩一陣刺痛，連忙再翻了身，彈至更遠處，摸摸肩頭，摸著一片血。

鳥人在空中振翅，又漸漸飛高，接著再次朝月光俯衝而來。

「喝！」月光這次是看著他飛來的，自然反應得及，不僅閃過了鳥人這記腳抓，且還趁他飛掠身旁瞬間，順勢拔出嵌在他腿上那柄消防斧，這下輪到鳥人發出一聲尖嚎，狼狽地摔砸在地。

「你們別再打了，我放過你們，你們走吧。」月光大聲這麼說。

「笨丫頭，別白費唇舌了，這些傢伙是羅剎，他們腦袋裡只有打殺，沒有和平相處這回事！」酒老頭大喝，轟隆一拳打在五手鐵巨人臉上，接著身子向後一仰，再猛力往前一撞，將頭上那犄角狠狠撞進五手鐵巨人的眼窩裡。

「唔哇——」五手鐵巨人摀著臉退開，酒老頭快速襲上，連擊三記拳頭、兩記肘頂，再補上一記頭錘，將那五手鐵巨人逼到圍牆邊，正要將他打下樓時，卻聽見兩聲尖嘯，幾陣狂風迎面襲來，酒老頭低頭蹲下，翻身閃開，站穩了身子仔細一看，天空上竟然多了五隻鳥人。

「好傢伙……」酒老頭連連後退，退到頂樓中央處，恨恨瞪著天際。

月光這頭，四手巨人本來還想攻擊，但被月光用同樣的方法將另外兩手也在背後凹成交叉，卡成一團，僅能以腳踢踹。

「殺——殺——」空中五隻鳥人發出了可怕的長嘯，飛鷹擒兔般同時衝下。

月光閃開一隻鳥人，本想以斧頭扔他，卻被緊跟在後衝來的第二隻鳥人給奪去斧頭，又讓第三隻鳥人抓著了手腕，被高高拉上天。

「丫頭——」酒老頭大驚，但他也被兩隻鳥人左右纏上，踢踹撲抓一番，只得滾倒避開這波凶惡攻勢。

「放開我！」月光被鳥人拉到了十層樓高處，只見華江賓館的樓頂和附近街道離她越來越遠，不禁也心生懼意。她用另一隻手反握住鳥人爪上一根爪趾，猛力一扳，將鳥人一根爪趾扳斷了。

「呀——」鳥人驚痛尖叫，放開腳爪，但月光抓著他的斷趾在空中蕩呀蕩的，使他痛徹心扉，抬起另一腳朝月光踢踹，想將她踹下去。

月光看準了這鳥人踢來之勢，抓住他另一腳爪的一根爪趾，接著向上一攀，抓住他的褲管；再向上攀，抓住了他的胳臂；更向上攀，竟一手抓進鳥人鎖骨裡。

「噫——呀——」鳥人在高空中驚恐至極，他本以爲月光頂多是身手異常敏捷，卻沒料到她的力氣竟比鐵巨人還大，扳斷他的腳爪就像是在掰雞腳。

月光在這情急之刻，出手也不像平時還懂得節制，而是用足了全力，鳥人雖也有健壯雙手，但強度當然遠遜於鐵巨人的胳臂，被月光抓著一扭立時脫臼。

此時的鳥人早已痛得忘了飛，直直落下，雙手亂揮亂甩，突然發現月光不見了，正要振翅再起，卻覺得翅膀動彈不得，竟是月光翻到他身後，揪住了他的翅膀。

「呀——」鳥人尖嚎未停，轟隆一聲，砸在樓頂水泥地上。

月光從鳥人背後跳下地，長長吁了口氣。

「妳這丫頭……」酒老頭也不禁看傻了眼，向月光豎了豎大拇指，接著狼狽撲滾，閃避另外幾隻鳥人的攻擊。

「酒老闆！」月光見酒老頭身上血跡斑斑，趕緊上去幫忙，卻又被那兩個鐵巨人逼開。

鐵巨人動作雖然不夠俐落，但一身銅皮鐵骨，十分耐打，那四手鐵巨人雖然被月光將手折到背後，但還是凶狠地用腳踢踹，月光連連閃避，只覺得這些羅剎果真如酒老頭所說，只有嗜殺本能，全然無法溝通，倘若不下重手，很難了結。

就在她盯著兩隻鐵巨人，想著該如何給予痛擊時，又被一隻飛來奇襲的鳥人踢倒在地，兩個鐵巨人立刻追上，想要重踏月光。

轟隆一聲，酒老頭及時趕來，一記重肘，頂翻一個鐵巨人，另一個鐵巨人踏下的腳，被月光以雙手擋著。

鐵巨人正要抬腳再踩，卻聽見頂樓門邊響起一聲怒吼。

「公主——」

石頭像顆砲彈般朝鐵巨人衝來，轟隆將鐵巨人撞翻倒地。

月光翻彈起身，抓著石頭一甩，將一隻衝來襲擊的鳥人打飛。

「糨糊和狄他們怎麼了？怎麼只有你上來？」月光急忙問著。

「他們……叫我……上來……」石頭本便愚鈍，見到月光負傷，驚怒交集，更說不清話了。他不等月光下令，立刻便變化身形，變成了巨大斧頭。

粗。

石頭大斧的斧面有一張棋盤那樣寬、有一掌張開那麼厚，石柄也有成人胳臂那麼粗。

月光抓著石頭大斧，像是吃了顆定心丸。她揮動石頭斧，攔腰斬在四手鐵巨人腰間，將這鐵巨人斬成了「く」字形。

石頭在三樓和鐵巨人比力氣時，力量雖然不及鐵巨人，但變成斧頭讓月光揮動，衝擊威力可又大上太多倍。

月光見糨糊和狄念祖沒跟上來，石頭話又說不清，眼前戰情緊急，出手再也不留情，她躍了起來，再揮一斧，這次力道更大，一斧頭斬在鐵巨人肩上，將整個石頭斧面都斬進鐵巨人體內，使得鐵巨人從左肩頸到右側腹整個斬出一個巨大的「V」形缺口。

這鐵巨人倒在地上，終於動不了了。

那頭，酒老頭擊落了一隻鳥人，扯落他雙翅，但又被另外兩隻鳥人凌空夾擊。

月光持著石頭大斧奔來，逼退了那兩隻鳥人。

酒老頭喘著氣站直身子，只見頂樓四面牆又爬上五個鐵巨人，還跟了一批小猴獸。

同時，天空傳來幾聲長嘯，又有五隻鳥人遠遠飛來。

CH09 偷水賊

「公主、公主，妳在嗎？」糨糊拉著狄念祖，急急尋找月光的身影，只見到６０３、６０４、６０５、６０６號房外全都狼藉一片，門板碎裂、壁紙破爛，像是經過凶猛打鬥。

「公主！」糨糊見到月光的６０５號房躍出三個怪東西，趕忙拖著狄念祖急急奔去，只見那是三隻持著短刀的小猴獸，小猴獸蹦跳吼叫，一見糨糊立刻奔殺而來。

「喝，那是我的車子！」糨糊見到其中一隻小猴獸手裡還抓著狄念祖買給他的汽車玩具，可是勃然大怒，揮動起十來柄武器衝殺上去，一下子便將三隻小猴獸殺回６０５號房，糨糊拖著狄念祖，又氣又急地追去，破口罵著：「你們在公主房裡幹什麼？誰准你們進去的？」

只見６０５號房中凌亂一片，月光的新衣都被撕了個破碎，地上還有些猴子屎，狄念祖轉頭，見到自己的６０６號房中也同樣騷亂著，數隻小猴獸在裡頭蹦蹦跳跳，像是和什麼人正打鬥著。

「臭猴仔，滾開、滾開——」那傢伙的聲音聽來像是個感冒的小學生。

「傑克！」狄念祖大叫，他聽出那說話聲正是虎斑貓傑克的聲音。

「小狄！」傑克在６０６號房中也聽見狄念祖的聲音，但他出不了房，房門口守著兩隻持刀猴獸，房中還有數隻猴獸，那些猴獸的動作又快又俐落，傑克只能在櫃子和床底下來回繞轉，怎麼也逃不出來。「快來救我，我受傷啦，我快死掉了——」

「水頭陀呢？」狄念祖急得大喊，又轉頭喊著綑著他的糨糊：「月光不在這裡，快去救傑克！」

「誰是傑克？」糨糊在６０５號房中大戰三隻猴獸，將三隻猴獸逼到角落，斬死其中一隻，見另外兩隻跳上窗，擠出鐵窗欄杆逃了，便轉頭問狄念祖。

「就是我說的那隻王八蛋貓，快去救他！」狄念祖這麼嚷嚷著。

「小狄，是你在罵我？我是你的救命恩人耶，你怎麼這麼沒良心？」傑克在房中苦苦逃竄，聽外頭狄念祖和糨糊的說話聲，便生氣罵著。「水頭陀在我包包裡，他沒喝水，沒力氣打架，你再不救我，我真要死掉啦——」

糨糊殺退守在門口的兩隻小猴獸，傑克這才躍了出來，尖叫一聲，躍上狄念祖的身子，扒在他外套上連連喘氣：「我快死啦、我受傷了、我沒力氣啦……這裡發生什麼事？怎麼有那麼多羅剎？原本那些夜叉呢？」

「先別囉唆，你告訴我，你這渾蛋在我身上打了什麼東西！」狄念祖扯下傑克，翻轉他的身子，檢視他身上傷口，只有屁股上有道淺淺的刀傷，並不怎麼嚴重。

「公主也不在這裡……」糨糊沒興趣聽狄念祖和傑克說話，而是一面大戰猴獸，一面拖著狄念祖轉往樓頂。

突然一陣騷動，601、602號房中，湧出大量猴獸，個個手持利刃，堆疊成一面牆，擋住糨糊的去路。

「哇——」糨糊揮動武器奮戰，但猴獸太多，糨糊難以應付，雖然打落了好幾隻猴獸，但長臂也被一擁而上的猴獸割斷或咬斷。

「衝不過去，退回去，躲回房裡！」狄念祖大叫，拉著糨糊退回606號房中，將門關上，又拉來鐵床，高高豎起擋著門，還將小桌也拉來，抵在床後。

「好了，用油壓剪剪開鐵窗，像上次那樣逃。」狄念祖對糨糊這麼說。

「唔……」糨糊看看數條黏臂抓著的武器，油壓剪全被猴獸搶走了，只剩下兩柄小斧和三把西瓜刀。

「喝！」狄念祖愕然，抓著頭嚷嚷著：「現在怎麼辦啊？」

「水，這裡有沒有水？」傑克大叫著，脫下小背包，取出水頭陀，此時的水頭陀只有核桃大小，雙眼緊閉，像是死了。傑克又從小背包中取出一瓶噴霧瓶，那是用來維持水頭陀最低限度需求的水。傑克旋開噴霧瓶，扳開水頭陀的嘴巴，緩緩餵他喝水。

「水？」狄念祖急急從行李旁翻出幾瓶自賣場買來的礦泉水和飲料。

「水可以，果汁不行……奶茶……我不知道行不行……」傑克檢視著那些瓶瓶罐罐的飲料。

「還挑喔！」狄念祖忿忿地罵：「不是只要液體就行了嗎？」

「水頭陀只喝乾淨的水，他喝了奇怪添加物的液體，會變得怪怪的。」傑克餵完一小瓶噴霧，立刻開了一瓶礦泉水，繼續餵水頭陀喝。「他喝果汁會醉，他醉了很可怕，連我都打，我沒見過他喝奶茶，不曉得會變成什麼樣子，最好別輕易嘗試呀喵嗚……」

「你們這些傢伙真的有夠麻煩！」狄念祖見礦泉水只有兩瓶，其中一瓶已經餵了一半，那些猴獸已經擠到門邊，轟隆隆地劈砍起門板。

「啊！等等，別餵了……」狄念祖見到正喝著第二瓶水的水頭陀，體型逐漸膨脹，已長成了一顆蘋果那麼大，但四肢仍縮在體內，且模樣看來十分虛弱，他連忙喊：「傑克，你應該帶著水頭陀，從窗戶出去，繞到廁所裡接水啊。」

「我才不要，外面好多臭猴子！」傑克這麼喊，他想起那些猴獸，立刻跳到窗邊，左顧右盼一番，就怕猴獸從這頭殺來。

「不會，牠們現在全在門外。」狄念祖這麼說：「你帶水頭陀走窗子去廁所，餵飽了他，再回來救我。」

「不要，你怎麼不自己帶他去？」傑克喵喵地抗議。

「我這麼大一個人怎麼出去！」狄念祖大罵，接著對糨糊說：「糨糊，你帶水頭陀去廁所，餵他喝水，他身體變大，就能打跑這些猴子啦。」

「是嗎？」糨糊本來一面抵著床，一面好奇地望著不停漲大的水頭陀。他聽狄念祖這麼說，便伸出黏臂，從傑克懷中將水頭陀捲過，伸至窗邊，但水頭陀喝光了兩瓶礦泉水，此時身子已經變成小玉西瓜大小，擠不出鐵窗了。

「不行啦！」傑克也同時蹦上窗邊，厲聲喊著：「水頭陀太久沒喝水，現在還沒醒，要是碰上猴子，會被殺死的。小狄，你一點也不關心我們的安危，你的心是黑色的嗎？」

「媽的……」狄念祖對著傑克大罵：「糨糊他很厲害，他可以帶水頭陀出去。」

「飯，你說他喝水會變大？」糨糊將水頭陀捧回面前，好奇地捏捏他嘴唇，摳摳他鼻子，說：「好醜喔……不過只要喝水就行了嗎？」

「是啊。」傑克這麼說，又補充：「但是只能喝乾淨的水，不能喝亂七八糟的飲料。」

「那我有辦法。」糨糊這麼說，同時抖出一條黏臂，伸出窗外，不停向外延伸，同時，他一隻眼睛也順著黏臂迅速溜出窗外，連同三把西瓜刀、兩柄小斧，也順著這條胳臂粗的黏臂給運出窗戶。

只見糨糊隨著黏臂不停伸出，體型也逐漸縮小，他的嘴巴還留在這頭，一隻眼睛詭詐地眨了眨，對狄念祖說：「我會偷水。」

隨著糨糊的身子縮小，擋門的力道弱了，外頭猴獸拆門的氣勢也大了起來，牠們劈破了門，砍著鐵床，砍破木頭床板，吱吱嘎嘎地想往裡頭鑽。

「偷水？」狄念祖趕緊上前，拿斧頭作勢要斬那些猴獸，一面用腳擋著門，傑克也順手抓著果汁鋁罐，蹦蹦跳跳地幫忙防守。

「我超會偷水，嘿嘿。」糨糊這麼說，接著又說：「只有一隻眼睛不安全，我這隻眼睛也要來幫忙了。」糨糊這麼說的同時，第二隻眼睛也順著黏臂流至窗外；同時，糨糊的身子越變越小，只剩下一顆籃球大小，慢慢滑動到窗邊，抵著牆不再移動，接著身上又伸出一條短短的黏臂，只見黏臂一端出現一個孔。

「啊，原來還有這招！」狄念祖頓時醒悟，對傑克說：「把水頭陀帶到糨糊身邊。」

「好冰、好涼喔，呵呵、嘻嘻，水來啦……」糨糊怪叫幾聲，身子抖了抖，接著，糨糊身上冒出的那根小管子，淅瀝嘩嚕流出了水。

「哇！」傑克見糨糊身體裡流出水來，嚇了一跳，上前沾了些水，湊在鼻端聞，驚喜叫著：「是自來水啊——」

「糨糊你有一套，這招眞妙。」狄念祖哈哈大笑，催促傑克。「快餵水頭陀喝水，我這邊快擋不住啦。」

原來月光和糨糊、石頭先前住在廢墟宿舍時，除了使用水塔的天然積水，也會趁著深夜至山下民宅偷水。糨糊化身水管，自窗戶鑽入廁所或廚房，接上水龍頭偷水；石頭則變作大缸在外頭接水，他倆一個晚上來回數趟，能偷好幾缸水。

「小狄，你在幹嘛？你爲什麼不用『卡達砲』打那些臭猴子？」傑克一面餵水頭陀喝水，一面望著狄念祖手持消防斧，和正在破壞床板的猴獸惡戰。

只見床板被拆出好幾個大洞，猴獸們持著小刀，自洞裡探出手來，和狄念祖過招，還砍了狄念祖好幾刀。

「什麼卡達砲？」狄念祖恨恨罵著：「對了，你到底在我身上打了什麼？我的身體這兩天像是中了邪！」

「那是卡達蝦基因，會讓你的手變成大砲喲，你怎麼還不使出來？」傑克這麼說。

「手變成大砲？」狄念祖愣了愣，只見床板已被斬爛，猴獸們自縫隙間擠進房裡。他見水頭陀手腳都長了出來，身形有半公尺高，便不再死撐，退到牆邊，將消防斧遞給正在伸展四肢、準備大開殺戒的水頭陀。

只見水頭陀長長吁了口氣，揮動斧頭，迎戰首先鑽入房中的幾隻猴獸。

猴獸們齜牙咧嘴地蹦跳著，持著刀械攻來，全被水頭陀打翻。水頭陀不僅力大，且精通數種格鬥技巧，他持著斧頭，先是踢腿掃翻一隻猴獸，順勢一斧劈了牠，接著轉身揮斧，又斬死一隻猴獸。

「好了，糨糊，回來了！」狄念祖拍拍糨糊的身子，糨糊便快速將身子收回，又恢復成原本的胖海星模樣。

「哇，眞的長大了！」糨糊見到水頭陀變成半公尺高，起初覺得有趣，但見到他力大無比，更兼武藝高強，不禁有些佩服，便嚷嚷起來：「好，有了這顆大球幫忙，我們可以打出去找公主啦。」糨糊揚出黏臂，又撿了幾把猴獸遺落的彎刀，和水頭陀一前一後，殺出了606號房。

「先別急，打到廁所邊，讓水頭陀補充更多水！」狄念祖抱著傑克跟在後頭，想起剛剛傑克沒說完的話，便低頭問他。「你說我的手變成大砲，怎麼變？」

「我也不大清楚……我只記得卡達蝦基因成熟後，能讓人揮出很厲害的拳頭。」傑克這麼說，掙脫了狄念祖雙手，跳到他肩膀上坐著，說：「你試著揮拳看看。」

「揮拳？」狄念祖狐疑地舉起拳頭，揮了幾記空拳。

「不是這麼揮，要將手拉開，拉大一點，對，用力、用力！」傑克跳到狄念祖的頭上指揮。

「啊呀！」狄念祖怪叫一聲，他照著傑克的指示，將手舉至肩後，擺出要揮大拳的姿勢，且還聽著傑克的催促，不停將動作拉得更大，將整隻右手舉至肩後，但他的肩關節卻突然卡死，動彈不得，急得嚷嚷。「你亂教一通，我的手又卡住啦……」

「對啊，就是這樣，就是要卡住，才能打出卡達砲。」傑克興奮地嚷嚷，但他又露出不安的神情，解釋著：「不過卡達砲早就過時了，副作用有點嚴重……你現在的身體使用卡達砲，會有點……嗯，沒差，反正你打不死……你的身體最適合這種武器！」

「後遺症？什麼後遺症？」狄念祖不解地問：「我要怎麼把手鬆開？我的手不能動了！」

「出拳。」傑克抱著狄念祖的頭。

「手不能動怎麼出拳！」狄念祖大罵。

「你要學會用意志力控制你身上的關節。」傑克這麼說。「用心去感受，喵——」

「什麼啦……」狄念祖維持古怪的姿勢跟在糨糊身後，只見前方的水頭陀在糨糊揮動黏臂掩護下，成功開道，將一隻隻猴獸逐漸逼退，他們漸漸接近廊道那頭的廁所。

嘎嘎——

一隻負傷的猴獸自地板彈起，朝著狄念祖迎面撲來。

「喝！」狄念祖腦袋裡本來只想揮拳，被這彈起的猴獸一嚇，登時魂飛魄散，但也因此揮出拳頭。

砰——

血花飛濺。

狄念祖摀著手，跪倒在地。

他沒打中猴獸，而是打在牆上。

他的手骨斷碎，手背斷骨穿出皮肉。

「……」狄念祖瞪大眼睛，痛得幾乎暈厥。

「小狄……你打牆幹嘛？」傑克駭然撲在狄念祖面前，有些心虛地望著他。

「飯，你在幹嘛？」糨糊聽見身後那聲巨響，回頭見到狄念祖倒下，一旁還有隻猴獸，以爲是猴獸將狄念祖擊倒，生氣地揮出黏臂，將猴獸打飛，還氣呼呼地罵：「臭猴子敢弄壞我們公主的飯，啊呀，流好多血，好浪費啊！」糨糊將狄念祖捲來身邊，見他臉色發白，拍拍他的臉，問：「飯？你要死了嗎？你會死嗎？那我快點帶你找到公主，讓公主吃掉你……你有遺言要交代嗎？」

「……」狄念祖咬牙切齒，只覺得手掌像是痛得像是爆炸般，事實上他的手掌也確實和炸開沒有太大分別，皮開肉綻、斷骨插出、鮮血淋漓。

「小狄……這……眞是對不起……」傑克跳到狄念祖身上，喵喵地說：「你忍著點，你身上有長生基因，這點傷不會擊倒你，對吧，加油喔……」傑克一面說，還一面用貓爪輕輕拍著狄念祖的臉，替他拭去臉上的汗水，補充說明。「長生基因不但會快速修復你受的傷，且你身體裡每個細胞，都記得了自己和其他細胞之間的相對位置，現在你的手看起來像爛掉，但過不了多久，就會恢復成原本的樣子囉，別怕、別怕……」

「傑克，你不要亂教，狄公子身上的卡達蝦基因還沒成熟，且他的身體還無法承受卡達蝦基因的威力！」水頭陀在前方惡戰，也聽見後頭騷動，回頭見到狄念祖右手慘狀，便大罵傑克。

「哼！我以為他是天才，一學就會嘛，誰知道這麼笨……」傑克回嘴，接著又拍拍狄念祖的臉，解釋著：「小狄，我不是罵你，卡達蝦基因會讓你的關節產生強大的動力，只要熟練了以後，你可以打出……像剛剛一樣強的拳頭。」

「我操……」狄念祖痛得連髒話都罵不出口，他恨恨地說：「我懂了……這爛基因……讓關節產生動力是吧，但就算是新物種……血肉和骨頭根本承受不住這種力量，你們是看我身體恢復力強，所以把這爛基因打在我身上……媽的……」

「誰說的，很多很厲害的高手都承受得了卡達蝦基因……嗯，只是那些高手如果很厲害、力氣很大，其實也不需要卡達蝦基因就是了，所以卡達蝦基因才漸漸淘汰……不過你也別小看卡達蝦基因，要是你拿著武器，這威力就很強啦……」傑克這麼說：「總之你別心急，練熟了就很厲害了，別怕喔乖乖……」

「練熟了……第一個打爛你……」狄念祖咬牙切齒地說。

「好了、好了，先去廁所讓水頭陀喝水，他會更大更厲害！」傑克見到水頭陀雖然撂倒一堆猴獸，但身上也受了不少刀傷，得歇息一會兒。

糨糊望著眼前通往頂樓的樓梯，只聽見那兒不時傳出驚天動地的轟響，他本想趕緊上去尋找月光，但見到狄念祖右手變成這副淒慘模樣，擔心被月光責備他守衛不力，加上他知道那些巨響是石頭砸地的聲音，想必是月光持著石頭大發神威了，他便也不急著上去和月光會合，而是掩護著水頭陀，轉往廁所前進，讓水頭陀退進廁所補充水分。

「飯，你把手伸出來。」糨糊守在廁所門外，持著二十幾把彎刀，揮得密不透風，阻止那些猴獸攻來，還伸出一條黏臂到了狄念祖面前。

「幹嘛？」狄念祖臉色蒼白地說。

「我幫你把手包起來。」糨糊這麼說，也不等狄念祖答應，便捲上狄念祖那隻慘不忍睹的右手，將他的右手整個包覆起來，接著，糨糊截斷了黏臂，讓狄念祖看起來像是打上石膏。

「我的身體和我本身分開之後，會漸漸變硬，可以保護你的手……」糨糊這麼說，還叮囑他。「你見到公主，別說你的手是被猴子咬破的，就說你是自己跌倒摔傷的，知道嗎？」糨糊這麼說，還露出凶狠的神情，恐嚇狄念祖。「你要是亂說話，害我被罵，我會把你另一隻手也打斷喔……」

「他不是跌倒，他是自己……」傑克插嘴，見到狄念祖惡狠狠瞪著他，便不敢再多言，轉進廁所，探看水頭陀喝飽了沒。

狄念祖舉起右手，右手上那一大坨黏團雖然仍軟黏，但也有固定作用，減緩了碎骨震動造成的劇痛。他倚著牆、喘著氣，只覺得身上關節仍然古怪發癢，他抬起左手，望著自己手掌，一張一闔。

「卡達砲？」狄念祖喃喃自語，握起左拳，微微做出拉弓的動作，他感到肩頭有種漸漸被鎖緊的感覺。

「然後……」狄念祖倚著廁所外牆，望著對面一公尺外的牆壁，他猶記得剛剛一拳打在牆上那種刻骨銘心的滋味，連忙轉身，對著廊道另一端，那兒的牆離他可有三、四公尺遠，牆上有道窗。

「然後……出拳？」狄念祖感到左肩越鎖越緊，接著，他似乎聽到喀啦一聲，他的左肩便和先前一樣鎖死了。

「出拳……」狄念祖動動身子，仍不曉得如何出拳，他回想著剛剛突然出拳，是因爲被一隻小猴獸嚇了一跳。

「那時候、那瞬間？」狄念祖閉上眼睛，扭了幾下身子，仍然捉摸不到出拳的竅門。

「小狄？」傑克喊了狄念祖一聲。

「喝！」狄念祖的左拳像是砲彈一樣擊出，連帶將他的身子都向前拖出三公尺遠，差點又要打在窗戶上了。

「啊，你在偷練卡達砲！」傑克這麼大喊。

「不行嗎？」狄念祖沒好氣地說：「我可不想將命運交付在你們手中，我得學會自保之道。」狄念祖邊說，邊揉了揉肩膀，又說：「我以爲這麼大力，肩膀會受傷，結果沒有。」

「那是因爲卡達蝦基因讓你的關節強化了幾十倍。」傑克見狄念祖對卡達砲產生興趣，便也樂於解說：「再加上你身體裡的長生基因，即便受傷，也能快速復元。」

「這倒有點搞頭。」狄念祖動動右手，裹在糨糊黏團中那受重傷的右手已不像剛剛那麼疼痛，這讓他能夠冷靜思考卡達蝦基因這玩意。他望著右手上的黏團，喃喃自語：「如果有軟墊當作緩衝，外面套個硬物，那還眞的和大砲一樣……」

他這麼想著，突然問傑克：「但有個問題，力道沒辦法自由控制，出拳的時機也不好掌握。」

「狄公子，力道和時機都可以控制。」水頭陀自廁所步出，緩緩地說：「但你得花點時間練習。」

「喝飽了？」狄念祖望著身高接近一百七十公分，腰圍極其寬圓，勉強側著身體，才能擠出廁所的水頭陀。

「沒喝飽，還渴得很。」水頭陀抹抹嘴，笑著說：「但再喝，我就出不了這道門啦。」

「哇，你長得眞快——」糨糊回頭，見到本來比他還矮的水頭陀變那麼大個兒，也嚇了一跳，他收回黏臂，喘吁吁地指著廊道那端的猴獸群們，說：「輪到你了，我手好痠。」

「沒問題。」水頭陀自糨糊手中接過一把斧頭，氣勢萬鈞地走向猴獸們。

「殺死這些臭猴子！」傑克跟在後頭，怪叫助威。

「往樓上走，公主在上面！」糨糊也這麼喊著。

長成成人體型的水頭陀力氣更大，一下子便衝散了那些猴獸，他守在樓梯口，讓狄念祖、糨糊等先上樓，自己殿後。

糨糊抓著幾十柄小刀，奔出頂樓小門，只見月光倚著石頭大斧跪著，不停喘氣。酒老頭則虛弱地躺在一旁，渾身浴血。

整個頂樓堆滿了支離破碎的鳥人和猴獸屍身，以及被斬得變形扭曲的鐵巨人。

「哇，這裡這麼多這種怪傢伙！」糨糊尖叫，只見遍地都是鐵巨人，嚇得亂掄小刀、衝向月光，擋在她身前，不停朝著幾個離得近的鐵巨人身體亂刺，他見到月光身上也有不少傷口，一身衣服全染得髒紅一片，糨糊從沒見過月光這麼狼狽，嚇得哭著尖叫起來：「公主，妳受傷了，妳流好多血！」

「飯——」糨糊見狄念祖傻在門前，立刻甩出黏臂，將他捲過來，一把扯開他手上那黏團，將狄念祖那隻指節扭曲，斷骨穿肉而出的手，抓到月光面前，大聲喊著：「公主快吃他補充體力！」

「呀！」月光被糨糊這動作連同狄念祖的手給嚇了一跳，急急地問：「狄的手怎麼會變成這樣？」

「呃……」糨糊呆了呆，立刻說：「他自己弄傷的……」糨糊並沒有見到狄念祖揮拳打牆，也沒仔細聽他和傑克之間的對話，他以爲狄念祖是被猴獸弄傷的，那便是自己護衛不力，所以急急辯解：「我幫他包紮、還幫他偷水、又幫他殺猴子，好不容易才逃出來呢……」

「我的手沒事，再過一會兒就好了……」狄念祖見月光受傷也不輕，心想她體內沒有長生基因，恢復得沒他快，便將微微淌血的手伸到月光面前，說：「要不要來一口？」

月光遲疑地微微伸出舌頭，舔了舔狄念祖手上的血跡，滋味雖然不壞，但她見狄念祖的右手模樣淒慘，便一點食慾也沒了。她搖搖頭，說：「我不餓……糨糊，你替他把手再包起來。」

「喔。」糨糊自地上撿起那坨被他扒下的黏團，拿在嘴邊吹了吹，稍微拍落灰塵，往自個肚子上一塞，接著又抖了抖，抖下一些小碎塊，才幫狄念祖的右手裹上新的黏團。

「你的身體截斷之後，還能接回去？」狄念祖驚訝問著。

「能啊……但時間不能隔太久，會變硬，硬了身體就死了，死了的就要扔掉了。」

糨糊指著地上那些被他抖落的白色小碎塊這麼說。

「那你能不能幫我的左手也做個手套？」狄念祖伸出左手，對糨糊說：「我用完會還你。」

「不要。」糨糊搖搖頭。

「我買新車給你。」狄念祖開出條件。

「我要自己挑。」糨糊追加條件。「你要買三輛給我。」

「好。」狄念祖點點頭。

「你要什麼樣的手套？」糨糊伸出一條黏臂，裹上狄念祖左手。

「每根手指都要包裹起來，厚一點、再厚一點，太厚啦拿一些回去……」狄念祖滿意地看著自己的左手，套了一層外觀看起來像是端熱鍋子用的隔熱手套，但鼓漲漲的厚實許多，他試著讓左手一張一闔，能夠握拳，且那手套已然定型，雖然觸感黏軟，卻不會像黏土那樣黏合成一坨，即便摘下手套，仍然能再套回去，他十分滿意這東西。

「哇塞，這麼多飛鳥羅剎和鐵巨人都是酒老頭你幹掉的啊？」傑克和水頭陀也來到頂樓，見到這慘烈模樣，也不禁傻眼。

「不是我，都是她。」酒老頭指指月光，奮力撐身站起，只覺得腦袋有些暈眩，他本來拒絕水頭陀和狄念祖的攙扶，但只覺得渾身虛脫，他很久沒有經歷這麼激烈的戰鬥了。

月光和狄念祖一左一右扶著酒老頭下樓，酒老頭下樓前，回頭望著滿地屍骸，忍不住喃喃罵起：「宰人簡單，但這麼多死屍處理起來可眞是麻煩。」

「酒老頭小心，外面有臭猴子。」傑克跟上，嚷著要水頭陀開路。

就這樣，一行人自六樓往下，回到活動室。

CH10 黎明之前

活動室裡凌亂一片，像是也經過一番打鬥，敵人是自後門和樓上闖入的小猴獸，但數量並不多，三兩下就被護衛團剿滅了。

「酒老！」小次郎見到酒老頭被月光扶進門，趕緊上前關切。他提著木刀，一臉打不過癮的模樣。

「情形如何？」酒老頭不等小次郎發問，搶先問他。

「酒老。」豪強也趕來，一把推開小次郎，扶著酒老頭往角落走，此時角落躺著幾個受傷的護衛團成員，貓兒、壽爺也在其中。

「壽爺和貓兒的傷勢非常嚴重，情況不太妙……我和黑風、四角還能再打。」豪強報告著戰情。「護衛團的人也傷了幾個，好消息是咱們沒有人戰死。」

豪強將酒老頭扶到壽爺身旁，讓他坐下，還掩不住興奮之情，激動說道：「酒老，樓上也都解決了？那我們這次可是大勝。」

「大勝？哼！」酒老頭呸了口血，讓身旁幾個護衛團成員替他包紮急救，他一面說：「現在幾點？」

豪強轉頭，問著長桌那兒盯著監視螢幕的阿介。「現在幾點，阿介？」

「兩點十七分。」阿介回答。

「離天亮還早呢。」酒老頭問：「外面守備情形如何？鐵門被打爛了？」

「後門爛了，但堵著櫃子，四角接替貓兒、守著後門；前面鐵門還鎖著地，我們又補上新鎖，由黑風把守。樓梯口換成我守，剛剛擋下幾波小猴獸，沒什麼大礙。」豪強這麼答，還指了指地窖入口，此時入口處的方形鐵門已關上。「底下也沒出問題。」

「多虧有你……」酒老頭拍拍豪強肩頭。

「別這麼說！酒老……」豪強有些受寵若驚，他雖然是個大漢，但似乎感情豐富，聽酒老讚他，眼眶一紅，說話竟哽咽起來。「這裡要不是酒老你扛著，大家早就被夜叉抓了，或是被其他壞傢伙欺負慘了……」

「好了、好了……」酒老皺皺眉。「一個大漢子，哭個屁！」

另一頭，狄念祖簡單向傑克和水頭陀說明了戰事的起因，月光也在護衛團的幫忙下包紮起身上傷口。

「原來如此呀，我知道吉米，他是個渾蛋，主人也很討厭他。」傑克大發議論起來，突然像是想起了什麼似地，急急忙忙從小背包中取出一支手機。

「訊號斷了，手機打不出去。」狄念祖說：「市話、網路也一樣，全連不上線。」

「小狄，我就是爲了這件事才冒險闖進來的，不然無聊進來探險喔！」傑克這麼說，操作起手機，得意地向狄念祖展示手機畫面，有兩格訊號。

「你這哪家的門號？」狄念祖訝異地問。

「這是我們私人的號碼，華江賓館附近有我們的人。」傑克神祕兮兮地說：「吉米好大手筆，透過層層關係想搞死你們，附近斷電斷訊都是他幹的，我們派了移動基地台來支援，主人想親自和你說話。」傑克這麼說，立刻撥打電話，且電話立時接通，傑克喵嗚喵嗚地向電話那端撒起嬌來，說：「主人，我趕到了，這邊打得亂七八糟，嚇死我囉。不過小狄情況穩定，沒什麼問題，只是他很笨，學不會卡達砲……嗯，好，我叫他來聽……」傑克將手機遞給狄念祖。

「……」狄念祖有些爲難，他不想讓自己的身分曝光。

「喂？」電話那端是柔和的女子聲。「你就是……念祖？」

「呃……」狄念祖不知該說些什麼，且他又覺得那女人語氣有些奇怪，他問：「妳到底是誰？」

「我姓田，我叫田綾香。」那女人說：「我是你爸爸的同事。」

「我爸他……」狄念祖遲疑著不知該不該問。「他現在是死是活？」

「我不知道……」田綾香聲音有些哀傷：「當時他掩護我逃走，他自己逃不了，我沒有見到他最後一面……」

「到底怎麼回事，你們到底做了什麼？」狄念祖有些激動，他站了起來，拿著電話走到門邊。「還有……你們到底想要我怎樣？等等，妳那隻貓說我爸有留信給我，信在哪？上面寫什麼？」

「這解釋起來得花很長的時間，你先別急。」田綾香這麼說：「你不覺得應該先度過眼前的難關嗎？告訴我你們那邊的情形。」

「好。」狄念祖深深吸了幾口氣，讓情緒平復，說：「我們這邊幾個厲害的傢伙都受了傷，那吉米是什麼人，他到底想幹嘛？」

「根據我這邊得到的線報，吉米一直在找他直屬夜叉隊裡的叛徒。」田綾香繼續說著：「還有一對母女。」

「對。」狄念祖的思緒快速轉動，思索著如何在最短的時間內，交換雙方知道的情報，他盡量精簡地說：「叛徒今天中午被帶走了，本來我們想藏著那女孩，但被吉米識破。他要人，我們不給，入夜後，羅剎就打過來了。」

「那女孩的母親呢？」田綾香問。

「死了。」狄念祖答：「那叛徒說的。」

「好。」田綾香想了想，說：「其他細節先擱著，我先講重要的事，我們這邊探到的消息是，吉米發動了四個羅剎團，第一團和第二團，十點前就出發了，第三個羅剎團剛出發半小時，第四個羅剎團還沒動。」

「什麼？」狄念祖愕然問：「妳是說他們還會派其他羅剎過來？」

狄念祖這麼說，活動室裡的人都面面相覷，露出驚恐神情。

「第一團和第二團的羅剎你們都解決了嗎？」田綾香問。

「我們從十二點打到剛剛，但我不知道打的到底是第幾團的羅剎。」狄念祖說。

「你大概說出現了哪些傢伙。」田綾香這樣提醒。

「呃……有怪蛇……一堆怪蛇黏在一坨東西上。」

「那是『章蛇』，是第一團的羅剎。」田綾香追問：「有見到飛在天上，長翅膀的羅剎嗎？」

「有有有！」狄念祖補充：「還有很高的傢伙，身體像鋼鐵一樣。」

「他們是第二團的。」田綾香這麼說：「我可以透過管道，讓第四團不發兵，但第三團已經出發一段時間了，你們得擋下來，水頭陀情況如何？」

「他的情況不錯。」狄念祖這麼說，還轉頭看了看水頭陀。

「好……你把電話開擴音，我盡量把知道的告訴你們。」田綾香這麼說。

狄念祖照著田綾香的吩咐，將手機放在長桌上，且要傑克開啓擴音功能，眾人聽田綾香解釋起羅剎和夜叉之間的差異，當中貓兒、酒老頭、壽爺、豪強等雖然對夜叉和羅剎有一定的認識，但此時直接由曾擔任研究員的田綾香直接說明，眾人對於這些殺戮兵器又有了更進一步的認知。

酒老頭這兒的人一面聽，一面留意外界動靜，偶爾發問，也不時將己方所知的情報告訴田綾香。如此一來，便進一步拼湊出吉米這次開戰的前因始末——

夜叉隊是聖泉藥廠的正式狩獵部隊，甚至和各國政府存在著一定程度的默契與合作，軍警單位往往會對夜叉隊的行動睜一隻眼閉一隻眼。自然，夜叉隊享有這樣的特權，必然也得遵守某種程度的約束，例如行動前必須登記，行動後必須報告成果。以聖泉藥廠當今的勢力，大多數國家未必會嚴格規範夜叉隊的一舉一動，但這樣的規則也存在於聖泉內部。

吉米雖是聖泉袁氏小弟手下紅人，擁有一支夜叉隊的指揮權，但受限於內部規範，吉米可沒辦法任意差使夜叉想打誰就打誰。

尤其是華江賓館這類失敗品收容所，源自於聖泉藥廠現任執行長袁家大哥袁安平擬定的方針，酒老頭曾也是聖泉園區的倉儲管理人員，在某次意外後，被帶入實驗室進行了「重生儀式」。從那時開始，他的生命產生了巨大的變化，他從當了數十年的「人」，變成了「新物種」。

酒老頭逃離了聖泉藥廠，開始新的人生。他開始接濟、幫助甚至是收容一些和他有著類似遭遇的新物種，起初他遭到聖泉藥廠派出的追兵追剿，但當聖泉藥廠的主導權從大總裁袁昌交到長子袁安平手中後，袁安平對這些流落在外的新物種採取了懷柔政策。

酒老頭也因此將本來的地下收容所掛上正式的招牌，成了現在的華江賓館，定期向聖泉藥廠張經理報告收容所近況。張經理是袁安平的手下愛將，也一直大力支持袁安平的懷柔政策。

正因爲這層關係，吉米對酒老頭這華江賓館，可一直不敢刁難失禮，但這次不一樣，華江賓館收容了吉米叛變親兵夜叉阿囚，吉米可是師出有名。

然而吉米要的人不只是阿囚，還包括果果母女。果果的媽媽雖然死去，但果果身上仍留有特殊基因，這是吉米和袁家叔伯輩暗通款曲的直接證據，也是吉米投靠袁家叔伯的重要王牌。無論如何，吉米得奪回果果。

奪不回來，寧可銷毀。

張經理剛好出國，酒老頭頓失靠山，吉米得在張經理回國前解決事情，本來吉米早已知道果果一直跟在阿囚身邊，他本來可以多等十天半個月，等酒老頭想通、等華江賓館內部歧見的爭執更大，或是另作圖謀，但他收到消息，張經理要提前回台。

吉米雖然受制於夜叉隊內部規範，但他是袁燁手下紅人，他眞要違規，不見得會受到多嚴重的懲處，但或許是他作賊心虛，生怕動用了夜叉隊，會讓他的行動受到過度關注，讓一些見不得人的勾結因而曝光。

於是他決定捨棄夜叉，動用羅刹。

羅剎是一種統稱，凡是身上懷有羅剎基因的新物種，都被稱作羅剎、被當作羅剎差使。

羅剎大多是些實驗失敗品、或是新型生物兵器的未完成品，這些傢伙們身上被注入羅剎基因後，最先改變的，便是大大增強了殺戮習性和戰鬥意識。羅剎是天生的殺手，他們的存在就是破壞。

聖泉內部有一批專責的羅剎訓練人員，使用藥物和儀器指揮調度這些羅剎，聖泉利用這些羅剎進行暗殺任務，對象通常是世界各國的反聖泉組織。

世上大多數政府，除了知道聖泉有被稱作夜叉的「明部隊」，當然也曉得羅剎這支「暗部隊」的存在，但都沒有約束聖泉的意思。畢竟在大人的世界裡，有明就有暗，明暗交替，依照需求分配使用，才能讓利益最大化。

偶爾聖泉也會幫某些政府高層官員出動羅剎，處理某些事、某些人。

聖泉有時還會讓羅剎先行下手，再動用夜叉收尾，那些夜叉會連羅剎一起收拾掉。

除此之外，羅剎也被用作夜叉的戰鬥練習對手，或是在訓練場中，任其互相廝殺打鬥，以觀察和發掘各種生物兵器之間的優劣資訊。

吉米透過關係，買通四間羅剎訓練場的主管，替他圍剿華江賓館。

第一批、第二批的羅剎，已被華江賓館擊退。

第三批羅剎，隨時抵達。

而田綾香正透過關係，試圖阻止第四處訓練場出動羅剎。

「羅剎基因的殺戮意識太強，不受控制的情形時常發生，聖泉藥廠爲了避免失控的羅剎造成嚴重後果，因此在羅剎基因中加入防備機制，當羅剎遭受日光曝曬時，活動力會大減，因此羅剎只在夜間行動。」田綾香這麼提醒。「按照訓練場的默契，夏天羅剎的行動，在凌晨四點半便會結束，冬天最晚也會在五點半結束，但考慮到吉米這次吃了秤砣鐵了心，加上羅剎的活動力也並非一瞬間消失，你們得做好撐到清晨六點的準備，六點之後，羅剎就算不退，也沒有破壞力了。」

「六點。」大夥兒不約而同地看看鐘、看看錶、看看手機上的時間顯示。

此時是凌晨三點四十三分。

「來了，後門——」死守監視器的阿介突然發出怪叫，大夥急忙湊上去，只見死巷裡兩隻巨大的羅剎屍身旁，已聚集了數頭模樣奇特的傢伙。

那些傢伙的身形姿態乍看之下活像是電影中行動敏捷的迅猛龍，拖著一條長長的尾巴，但臉孔較爲扁平，樣貌像是恐龍和靈長類的混合體，一雙胳臂也比電影中的迅猛龍來得粗長和靈活，這些迅猛龍羅刹正圍在那兩隻巨大羅刹的屍身旁，其中一頭迅猛龍仰長脖子，尖嚎幾聲，接著啃噬起羅刹屍身。這頭迅猛龍的動作立時引起其他迅猛龍的仿效，也張開大口，大啖起巨大羅刹的屍身。

突然一聲尖銳的哨音響起，幾個吃食屍身的迅猛龍立刻彈開，仰頭張望，牠們全望向同一處，那兒似乎有人指揮；牠們的目光全轉往華江賓館後門。

接著，一聲轟然落地聲乍響，一個樣貌接近人類的傢伙落在地上，這傢伙赤裸著身體，雙手雙腳上生滿鱗片，頂著一顆半人半龍的腦袋，背上脊椎位置長著一條長長的背鰭，他右手持著武器，武器的造型類似魚叉，但尖叉尖端卻微微閃現電光。

「帶頭的傢伙是龍人。」田綾香聽了阿介等人透過監視器的描述，便急急地說：「龍人是聖泉最新的量產型生物兵器，有可能取代現有幾種舊式夜叉，成爲下一批新型夜叉隊的主力兵器。他們手上的武器也是聖泉內部的軍火部門研發的實驗品，電擊力量比一般市面上的電擊器強大十倍以上，這些武器不是羅刹的正式配備，肯定是吉米另外透過管道弄到手的，他這次眞的豁出去了。」

「先把重傷的人送下去。」酒老頭撐著身子站起，大聲下令，他見貓兒和壽爺情況太糟，知道若是再經爭鬥，很可能會死。

豪強打開地窖鐵門，喊出裡頭的大媽大嬸，七手八腳將重傷的貓兒和壽爺，以及幾個護衛團員送入地窖。那些大媽大嬸聽了等會還有下一波羅剎要來，都嚇得臉色煞白，一副大難臨頭的模樣，急急忙忙躲回地窖，關上鐵門。

「我去幫四角。」豪強拍拍胸口，提著他的開山刀，又從刀械簍子裡挑出一柄經過改造的大鋤揹在背上，領著兩個護衛團成員趕往後門。

同時，前門也傳出騷動聲，鐵捲門下同時插入十數柄L型鐵鍬，同時施力，將鐵捲門抬高數吋。

一條條像是鰻魚的東西從縫隙湧入大廳。

「這啥玩意？」黑風怪叫，向後躍開，只見那片黑壓壓的怪鰻魚，身上閃耀著滋滋嚇人的電光。

「那是陸行電鰻。」田綾香收到活動室的回報，立刻說明。「是攻堅用的消耗型兵器，單體雖然不強，但數量一多，也很難纏。」

「吼——」黑風揮動爪子，拍死幾隻黑壓壓的電鰻，拍出一陣陣青藍電光，他立刻縮回手，這些陸行電鰻身上都帶著電流，一受攻擊，便會放出更大的電流。

接著塞進鐵門裡的，是數只千斤頂和四柄油壓剪，千斤頂接替頂住那被L棒架起的鐵捲門，油壓剪又鉗住了地上大鎖。

「他們想強攻正門——」活動室中的阿介大叫：「還有……樓上也攻進來了，兩個……不……三樓、四樓、五樓都有迅猛龍鑽進窗戶，牠們準備下樓！」

「我們走。」月光立刻帶著糨糊和石頭奔出活動室，往二樓奔，狄念祖也帶著水頭陀和傑克急急跟在月光後頭，卻在樓梯間被月光伸手擋下。月光對著狄念祖和負責把守樓梯口的護衛團成員說：「這裡地方小，你們別跟來，我守上面，你們守下面。」

月光不等狄念祖等人應答，便帶著石頭和糨糊上了二樓，只見兩側廊道都有迅猛龍自房門中步出，緩緩往樓梯口逼近。

「石頭變拒馬，和糨糊一人守一邊。」月光這麼吩咐，石頭立刻變化身形，整個身子橫擋在樓梯口接著右側廊道這頭，身上化出一根根尖刺，如同古代戰場上的木樁拒馬，斜斜指著迅猛龍；負責把守另一邊的糨糊則持著十來柄刀械，擋著樓梯口接左側廊道這一面，對著兩頭緩步逼近的迅猛龍大聲叫囂起來。「臭恐龍，來啊，看我把你切碎做成罐頭！」

月光持著一對消防斧，靜靜站在石頭和糨糊之間，左看看、右看看，還不時轉頭盯著往三樓方向的樓梯，她聽見樓上也有動靜，那些迅猛龍在龍人的帶領下，攀上華江賓館外牆，自遭到破壞的鐵窗鑽入，全往二樓集結。月光領著石頭和糨糊在二樓樓梯口擺了個陣式，爲的是想要擋下所有自上方攻入的敵人。

突然，吼地一聲，左右兩側廊道的迅猛龍同時發動攻擊，牠們速度快絕、胡亂蹦跳，甚至踏上牆壁奔跑，牠們的腳爪上生著銳勾，能勾進牆壁裡，踩著壁面奔跑，企圖越過石頭拒馬。

但石頭變化成的拒馬能夠活動，迅猛龍快，石頭也不慢，拒馬上一根根長杜立時竄起，讓一個飛快躍來的迅猛龍迎面撞在石柱上，將迅猛龍串成了肉串。

「呀！」第二頭迅猛龍被那會突然變長的拒馬嚇得停下動作，後退兩步，又突然衝來，仍讓石頭及時擋住，刺穿了腳，被石頭甩砸下地。

第三頭迅猛龍在第二頭迅猛龍被石頭擊落時也同時起跳，總算躍過石頭拒馬。

但月光早已持著消防斧等在後頭，一見第三頭迅猛龍躍來，便一斧斬進躍來的迅猛龍胸口，將牠斬死在地。

同一時刻，糨糊也和左側廊道襲來的迅猛龍惡戰起來。他揮動著十來柄兵刃，胡亂甩動，一會兒左邊七刀輪流刺、一會兒右邊八刀胡亂斬，又一會兒將十來柄刀械揮舞得密不透風。

一頭迅猛龍突然一聲怪叫，翻倒在地，腳爪掌上插著一柄短刀，原來是糨糊見迅猛龍蹦蹦跳跳用爪子和他刀械亂鬥，便趁亂壓低一條黏臂捲著短刀緩緩伸去，趁迅猛龍再次蹦起時，將短刀豎在迅猛龍腳下，便讓迅猛龍一腳踩在陷阱上。

「哈哈笨蛋！」糨糊見迅猛龍中他埋伏，樂得大叫。

一陣踏地聲浪自上方逼近，三樓突然奔下十數頭迅猛龍，那些迅猛龍動作比電影中的恐龍要靈活太多，兩隻類似靈長類動物的胳臂能攀能抓，月光見這些迅猛龍並不攻擊她，而是直接順著樓梯繞往一樓，她立刻趕上，揮斧亂斬，斬倒了幾頭，但漏過更多頭，那些迅猛龍直接翻過樓梯扶手，往一樓躍去。

水頭陀一拳擊倒第一頭躍下的迅猛龍，隨即便被更多迅猛龍逼得向底下退。幾個本來守著一樓樓梯口的護衛團員，初時見月光宰殺那些迅猛龍如同殺雞般順手，還以為能夠輕易擋下這第三波攻勢；但實際對打後，才知道這些醜陋的怪恐龍極難對付，這怪異迅猛龍除了粗重有力的後腿，還有健壯的雙臂，爪子又大又利，就連尾巴也俐落凶悍。

幾個護衛團員一下子便被這批迅猛龍衝散，向四處退開，勉強游擊應戰。

月光見這批迅猛龍銳不可擋，本想轉下一樓救援，但她身前攔來一個高大傢伙，手上持著一柄電擊叉，是龍人。

龍人二話不說，挺起尖叉就往月光腦袋刺，月光揮斧頭還擊，格了幾下，只覺得電擊尖叉的電力驚人，數次和她斧頭交集，都炸出一片火光。

「哇！」那頭，糨糊一聲尖叫，黏臂又痛又麻，原來是他負責守備的廊道也走來一隻龍人，持著電擊叉步步逼近。糨糊揮動刀械亂攻，只被電得七葷八素，黏臂也被龍人的銳爪抓斷好幾條，他急得甩出新黏臂，想撿回自己斷落的身體，但龍人動作俐落迅捷，將糨糊伸去的黏臂也紛紛抓斷。

糨糊一陣慌亂，伸出的黏臂越多，被抓斷的黏臂更多，這使得他一下子便縮小一半，氣得連話都說不清楚了，嘰哩呱啦地揮動兩柄短刀想衝上去拚命，被月光一把拎了回來。

「糨糊乖，跟著我。」月光見石頭那方也走來一隻龍人，便急急喊著石頭：「石頭回來，我要盾牌和鎚子。」

石頭立刻後退，身形晃動，先是分出一大塊身子，化成了個圓形盾牌，內裡還有隻手柄，待月光抓著手柄，便讓盾牌和自個兒身體分家，接著他的本體也化成一柄鎚子，讓月光接個正著。

縮小了的糨糊攀在月光背後，揚著兩條黏臂，替月光看照後方。

三隻龍人步步逼近，紛紛揚起手中的電擊叉。

底下，大廳鐵捲門右側兩道鎖已被剪開，鐵捲門斜斜地被擠開一條大縫，數頭迅猛龍貼在地上，向裡頭擠著，那些陸行電鰻一波一波地往裡頭湧，幾個護衛團員持著刀械拚命砍殺，都被電得七葷八素，怎麼也殺不到門前阻止敵人破鎖，眼見大鎖便要被剪斷，幾頭迅猛龍擠了進來，團員們只好向後退去。

黑風擋下那幾頭迅猛龍，他一會兒蹦跳撲咬，一會兒又化成獸人出拳掄擊，掩護著大夥兒往後方退。

豪強也持著開山刀，帶著護衛團來回和幾頭迅猛龍惡鬥。

後門廊道裡，四角單膝跪下了，他打不過那個自後門攻入的龍人。

「百佳、虎妹，去救四角——」豪強大吼。

百佳是臉上生著雀斑的矮小護衛團女孩，虎妹則是比男人還高的護衛團女子，她倆是護衛團中唯二的女團員。

「四角大哥！」百佳持著短刀，她的動作極爲俐落，見龍人舉起尖叉要往四角頭上刺，立刻便擲出手中短刀，逼得龍人揮叉擋刀。

四角低吼一聲，又拔地而起，雙臂緊緊箍住龍人腰身，四角身高接近二百五十公分，他這麼抱著龍人腰身往上一抬，讓龍人腦袋直衝天花板，發出好大一聲撞擊聲。

這一撞幾乎撞斷了龍人頸骨，龍人手上的尖叉也落下地來，卻沒死透，一雙爪子狠狠抓進四角後背。

「喝——」四角憤然大吼，竟不放手，箍著他又往天花板重重撞了三下，突然嘔出一口血，和龍人雙雙倒地，百佳和虎妹趕緊衝去，先補了龍人幾刀，接著救回四角，急急往活動室裡送。

另一邊，狄念祖被一頭迅猛龍逼到角落，被撞倒在地，還被踩住右大腿，他只覺得大腿傳來劇痛，揮動左拳亂打踩著他右腿的龍腳，但都是普通力道，他發不出卡達砲。

迅猛龍腦袋逼近，張開大口就要去咬狄念祖，被水頭陀即時勒住頸子甩開，狄念祖這才掙扎起身。他逃了幾步，只覺得站不住了，右腿骨雖然沒斷，但傳來陣陣劇痛，像是骨頭裂傷。他倚著牆喘氣，將左手拉滿弓，好不容易聽見喀啦聲，左手終於上膛，見到一頭迅猛龍朝他撲來，二話不說就要揮拳。

卡彈。

他的拳頭沒有擊發，再次讓迅猛龍攔腰一撞，只覺得魂都要被撞得飛出體外了。

砰——

當他被迅猛龍撲倒在地時，左拳終於擊發，轟隆打在迅猛龍胸口上，反倒將迅猛龍轟得飛出數公尺。

「哇……」狄念祖又驚又痛又喜地見到自己這記左拳竟有如此威力，不禁也感到一股熱血沸騰。他試圖掙扎起身，甩了甩左手，沒有受傷，這是因爲他左手上裹著糨糊給他的黏團，黏團柔韌具彈性，便如同拳擊手套，但相對地被他打飛的迅猛龍似乎也沒有受到嚴重的傷害，在地上抖了抖，又翻起身來。

狄念祖一拐一拐地往活動室退，知道自己這拳頭包著黏團，無法對敵人造成重大傷害，他踩著一條土電鰻，滑了一跤，右腿傷處痛極，只好狼狽地爬著，總算爬回活動室。

活動室裡已經闖入一頭迅猛龍，迅猛龍揚著尾巴站在正中央，長桌散倒一地，監視設備散落一地，阿介持著一把斧頭躲在角落。

小次郎的肩頭受了傷，淌著血，雙手緊握木刀，直直指著迅猛龍。

小次郎的身後，是單膝跪地的酒老頭。

「小子，你讓開……」酒老頭此時的眼睛忽黑忽灰，想起身卻起不了，像是使不上力。

「臭老頭，你別插手，這頭讓我來收拾。」小次郎氣喘吁吁地說。

狄念祖一時不知該進該退，他聽見後頭又有迅猛龍奔來，只好奮力拖著右腿爬進活動室。他見到地上有個金屬保溫杯，便順手撿了，以左手抓著，猛力拉弓，讓關節卡住，接著撐起身子，倚著牆壁，和小次郎一前一後地瞪著迅猛龍。

迅猛龍像是發覺了身後的狄念祖，牠緩緩轉向，抖抖尾巴，像是嗅著了狄念祖身上長生基因的香味，牠歪著腦袋，將目標轉移到狄念祖身上。

「你的對手是我！」小次郎大喝一聲，挺著木刀向前刺去。

迅猛龍猛一蹦踏，跳了個老遠，躲過這記突刺，但隨即轉向衝往小次郎，揮動大手攻擊，小次郎連連閃避，偶爾回擊，但他力量不足，木刀砍在迅猛龍身上，都不見成效，只能激怒迅猛龍。他被迅猛龍一記掃尾掃倒在地。

迅猛龍高高一蹦，就要往小次郎身上踏，只聽見後頭的酒老頭大喝一聲，幾步竄來，肘間又生出犄角，轟隆撞在迅猛龍肚子上，將迅猛龍撞倒在地。

但終究酒老頭先前便已力竭，這記鐵肘只有平常的四成力，迅猛龍在地上滾了滾，掙扎起來，捧著肚子怪叫，像是十分痛苦，還瞪著酒老頭，朝他發出凶狠的吼聲。

「要是我拿眞刀，早殺死這傢伙啦。」小次郎恨恨地站起，一把扶起癱倒在地的酒老頭，不停埋怨著：「你現在該同意讓我玩眞刀了吧。」

迅猛龍猶自怪叫著，漸漸伏低身子，像是想要再度發動攻勢。牠突然聽見背後傳來蹣跚的腳步聲，轉頭，只見狄念祖咬牙切齒地拖著身子，一拐一拐地走向牠。

由於狄念祖此時姿態怪異，左手抓著鋼杯彎至身後，模樣怎麼看也不具威脅性，因此迅猛龍並沒有提防，而是好奇地將臉湊近狄念祖，像是在聞嗅著什麼。

「你餓了嗎？」狄念祖喘著氣，微微抬起右手，他的右手上臂有一處抓傷，正淌著血，他突然張口咬開袖子，在傷口上大力吸了一口，鼓嘴噴出。

「嘎——」迅猛龍望著那片血花，眼睛一亮，像是嗅著美食，張開大嘴撲向狄念祖。

砰！卡達砲擊出——

狄念祖橫抓著鋼杯，一拳打進迅猛龍嘴裡，將牠轟翻倒地，鋼杯直直沒入迅猛龍的咽喉，竟將牠的咽喉擠得爆開，鮮血飛濺。

外頭一陣混亂，百佳和虎妹護著重傷的四角退了進來；接著，豪強也領著護衛團成員退入活動室；最後是黑風、水頭陀和傑克，傑克捧著手機，像個體育播報員似地向田綾香報告戰情，他見到迅猛龍躺在活動室正中央，摀著頸子，不住打滾，又見狄念祖得意洋洋地站在迅猛龍身前，便趕緊奔過去，跳上狄念祖肩頭，說：「小狄，是你打倒這頭恐龍的嗎？」

「哼哼，沒錯。」狄念祖甩甩手，左顧右盼，想再找個適合的東西拿在手上。

「不能打的先下去，還能打的跟著我！」豪強大吼一聲，一手舉著鐵鋤，一手抓著開山刀，守在近門處。

黑風身上遍布傷口，但大都是些皮肉傷，尚有餘力，此時和豪強一左一右地守著門，外頭迅猛龍雖多，但活動室的門只容一頭迅猛龍出入，單靠一頭迅猛龍，卻又難以突破豪強和黑風的守勢，只能輪流上去衝撞。

水頭陀喘著氣，他傷了一隻手，嘴唇發乾，此時牙一咬，也跟在豪強身後，一見迅猛龍伺機撞來，便用結實身子硬擋。

護衛團其他成員大都傷重，此時僅有百佳、虎妹、另外三個成員還持著刀械，跟在豪強身後，一同守著小門。

地窖鐵門再次打開，原來是花嬸等人守在底下，一聽又有人要下來，趕緊開門接應傷兵。

「風水輪流轉了喔，哼哼……」小次郎拖著虛脫無力的酒老頭，將他往地窖口一扔，也不擔心酒老頭摔著，更不理會底下花嬸等大媽的破口大罵，隨意一腳又將鐵門踢得關上了。

他甩甩手，提著木刀，先走到那喉嚨被塞了個保溫杯、猶自虛弱掙扎的迅猛龍身前，高高舉起木刀，照著牠腦門重重劈了幾刀，見牠不動了，這才罷手，還將迅猛龍屍身當成板凳，一屁股坐下。

「月光還在外面……」狄念祖想起月光並未隨眾人退回，不禁有些擔心，但此時迅猛龍堵在門外，他即便關心，也幫不上忙。他隱約聽見樓上仍有打鬥聲，知道月光仍在苦戰。

「你不幫忙？」小次郎見狄念祖獨自徘徊，哼哼地對他說：「你幫不上忙，乾脆下去算了。」

「小鬼……」狄念祖見小次郎屢次輕視他，不禁有些不爽，他揚揚左手，說：「你忘記你屁股底下那傢伙是我打倒的嗎？你偷偷補了兩刀，就以爲變成大英雄了嗎？」

「哼，誰說我偷偷補刀，這傢伙本來就是我的獵物，若不是你用怪招偷襲，我早就打死牠了！」小次郎氣罵：「待會你別再搗蛋！」

「好，看是誰搗蛋！」狄念祖哼哼地左顧右盼，奔到幾個櫃子裡東翻西找，就想找個比保溫杯更方便拿在手上增加拳威的武器。

他東翻西找，翻出一個沉甸甸的小奶粉罐，他搖搖奶粉罐，立刻從那奶粉罐中喀啦啦的金屬碰撞聲得知裡頭裝著滿滿的銅板。他靈機一動，捧著奶粉罐來到急救包紮的地方，那兒有些紗布、棉花和布巾。

他轉頭觀察近門方向的戰情，只見迅猛龍攻勢愈漸猛烈，將豪強等人圍堵的守勢衝得開了些，已有兩頭迅猛龍踏入活動室，還有一頭擠在門間，第一頭闖入的迅猛龍被殺得遍體鱗傷，但由於羅剎天性好戰嗜血，迅猛龍可一點也沒有怯意，而是更加猛烈地想衝開防守圈，讓後頭的同伴跟上。

狄念祖眼見迅猛龍就要殺進來，趕緊揭開奶粉罐，將滿滿的銅板倒出一大半，將裹著黏團的左手伸入奶粉罐，接著對著肩膀上的傑克說：「快幫忙把這東西固定在我手上。」

「我知道，小狄你想做個鐵拳頭！」傑克自狄念祖肩上跳下地，自地上撿起散落的銅板塞入奶粉罐和狄念祖左手間的縫隙，還將急救用的棉花、紗布，統統塞入奶粉罐中，塞得紮紮實實，接著傑克又撿了幾件急救時剪開的染血衣物，將奶粉罐和狄念祖的左手臂綑實固定。

「好重……」狄念祖站起身來，舉起左手，此時他的左手外套塞了個近三公斤重、裝著滿滿銅板和布料的奶粉罐。

迅猛龍的吼聲愈漸尖銳，終於衝散豪強、黑風、水頭陀等組成的防守圈。

小次郎躍下龍屍，百佳、虎妹等守在後頭的護衛團員立刻對上那些四處亂竄的迅猛龍。

「只能拚了……」狄念祖緩緩拉弓，將左拳拉至肩後，發出了「喀」的一聲。他對著躲在長桌底下的阿介大喊：「現在幾點，離六點還有多久？」

「四點五十七分……」阿介被狄念祖這麼一問，連忙取出手機，大聲回報時間。

「一小時又三分鐘……」狄念祖吁吁喘著氣，緊盯著一頭離他最近的迅猛龍，緩緩挪移身子，調整自己的左拳彈道，且喃喃自語起來。

「那就是六十三分鐘。」

「那就是三千七百八十秒。」
「只要撐過去，就能見到曙光。」

《月與火犬》2　完

月與火犬 3

在距離天明只剩三千七百八十秒的倒數時刻，
歷經數波血戰的華江賓館中，
一邊是處於臨界邊緣引致於格外狂暴的殘存羅剎，
一邊是死戰不退的勇士們。
卡達砲成功引爆，最炙熱的激戰即將燃起。

在傑克的引路下，狄念祖終於來到了反聖泉組織位於市郊的某處秘密基地。他怎麼也想像不到，這樣一棟貌不驚人的中古華廈「寧靜居」，竟然經過極其驚人的改裝，藏著各式各樣的先進儀器和怪異莫名的新物種。

寧靜居中三十餘戶平凡住戶們，便在毫不知情的情況下，和反聖泉組織的成員以及各式各樣的新物種們，同處一棟大樓中長達三年之久......

月與火犬 3 寧靜基地
即將揭幕——

蓋亞文化圖書目錄

書名	系列	作者	ISBN	頁數	定價
恐懼炸彈（新版）	都市恐怖病	九把刀	9789867450340	320	260
大哥大	都市恐怖病	九把刀	9789866815690	256	250
冰箱	都市恐怖病	九把刀	9789867929761	240	180
異夢	都市恐怖病	九把刀	9789867929983	304	240
功夫	都市恐怖病	九把刀	9789867450036	392	280
狼嚎	都市恐怖病	九把刀	9789867450142	344	270
依然九把刀（紀念版）	非小說・九把刀	九把刀	4710891430485		345
人生就是不停的戰鬥	非小說・九把刀	九把刀	9789866473029	384	280
不是盡力，是一定要做到	非小說・九把刀	九把刀	9789866473036	384	280
1%	非小說・九把刀	九把刀			400
人生最厲害就是這個BUT！	非小說・九把刀	九把刀	9789866157035	384	299
綠色的馬	九把刀・小說	九把刀	9789866815300	272	280
後青春期的詩	九把刀・小說	九把刀	9789866815799	272	250
上課不要看小說	九把刀・小說	九把刀	9789866473654	272	280
樓下的房客	住在黑暗	九把刀	9789867450159	304	240
獵命師傳奇 卷一～卷十二	悅讀館	九把刀			各180
獵命師傳奇 卷十三～卷十七	悅讀館	九把刀			各199
臥底	悅讀館	九把刀	9789867450432	424	280
哈棒傳奇	悅讀館	九把刀	9789867929884	296	250
魔力棒球（修訂版）	悅讀館	九把刀	9789867450517	224	180
都市妖1　給妖怪們的安全手冊	悅讀館	可蕊	9789867450197	240	199
都市妖2　過去我是貓	悅讀館	可蕊	9789867450241	232	199
都市妖3　是誰在唱歌	悅讀館	可蕊	9789867450272	208	180
都市妖4　死者的舞蹈	悅讀館	可蕊	9789867450357	240	199
都市妖5　木魚和尚	悅讀館	可蕊	9789867450395	240	199
都市妖6　假如生活騙了你	悅讀館	可蕊	9789867450425	200	180
都市妖7　可曾記得愛	悅讀館	可蕊	9789867450562	240	199
都市妖8　胡不歸	悅讀館	可蕊	9789867450623	240	199
都市妖9　妖・獸都市	悅讀館	可蕊	9789867450753	240	199
都市妖10　妖怪幫幫忙	悅讀館	可蕊	9789867450784	240	199
都市妖11　形與影	悅讀館	可蕊	9789867450951	240	199
都市妖12　小小的全家福	悅讀館	可蕊	9789867450982	240	199
都市妖13　圈套	悅讀館	可蕊	9789866815539	240	199
都市妖14　白鶴與蒼猿	悅讀館	可蕊	9789866815287	224	199
青丘之國（都市妖外傳）	悅讀館	可蕊	9789867450470	320	220
都市妖奇談 全三卷	悅讀館	可蕊	9789866815058		各250
捉鬼實習生 1 少女與鬼差	悅讀館	可蕊	9789866815119	208	180
捉鬼實習生 2 新學期與新麻煩	悅讀館	可蕊	9789866815126	240	199
捉鬼實習生 3 借命殺人事件	悅讀館	可蕊	9789866815263	352	250
捉鬼實習生 4 兩個捉鬼少女	悅讀館	可蕊	9789866815270	256	199
捉鬼實習生 5 山夜	悅讀館	可蕊	9789866815409	208	180
捉鬼實習生 6 亂局與惡鬥	悅讀館	可蕊	9789866815416	240	199
捉鬼實習生 7 紛亂之冬（完）	悅讀館	可蕊	9789866815515	240	199
捉鬼番外篇：重逢	悅讀館	可蕊	9789866815652	320	250
魔法師的幸福時光 1 舞蹈者	悅讀館	可蕊	9789866815768	240	199
魔法師的幸福時光 2 鏡子迷宮	悅讀館	可蕊	9789866815898	256	220
魔法師的幸福時光 3 空痕	悅讀館	可蕊	9789869473135	256	220
魔法師的幸福時光 4 古卷	悅讀館	可蕊	9789866473388	256	220
魔法師的幸福時光 5 綠色森林	悅讀館	可蕊	9789866473661	256	220

*實際定價以各書版權頁爲準

魔法師的幸福時光 6 葉脈	悅讀館	可蕊	9789866157080	224	199
魔法師的幸福時光 7 流光之殤	悅讀館	可蕊	9789866157172	224	199
魔法師的幸福時光 8 海盜	悅讀館	可蕊	9789866157257	240	199
魔法師的幸福時光 番外篇	悅讀館	可蕊	9789866473913	208	180
月與火犬 卷1	悅讀館	星子	9789866157301	256	99
魘	悅讀館	星子	9789866473968	288	240
百兵　卷一～卷八（完）	悅讀館	星子	9789867450531	272	1535
七個邪惡預兆	悅讀館	星子	9789867450913	272	200
不幫忙就搗蛋	悅讀館	星子	9789867450258	308	220
陰間	悅讀館	星子	9789866815027	288	220
黑廟　陰間2	悅讀館	星子	9789866815577	256	220
捉迷藏　陰間3	悅讀館	星子	9789866157073	256	220
無名指　日落後1	悅讀館	星子	9789866815362	336	250
囚魂傘　日落後2	悅讀館	星子	9789866815446	288	240
蟲人　日落後3	悅讀館	星子	9789866815713	280	240
魔法時刻　日落後4	悅讀館	星子	9789866473173	304	240
怪物　日落後5	悅讀館	星子	9789866473500	288	240
餓死鬼　日落後6	悅讀館	星子	9789866473616	256	220
萬魔繪　日落後7	悅讀館	星子	9789866473814	288	240
太歲（修訂版）　卷一～卷六	悅讀館	星子			各280
太歲（修訂版）　卷七（完）	悅讀館	星子	9789866815881	392	299
太古的盟約　卷一～卷四	悅讀館	冬天			各240
太古的盟約　卷五～卷九	悅讀館	冬天			各199
四百米的終點線	悅讀館	天航	9789866157004	364	250
君子街，淑女拳	悅讀館	天航	9789866157097	272	240
戀上白羊的弓箭	悅讀館	天航	9789866157165	288	240
術數師　愛因斯坦被摑了一巴掌	悅讀館	天航	9789866815911	336	240
術數師2　蕭邦的刀．少女的微笑	悅讀館	天航	9789866473050	336	240
術數師3　宮本武藏的末世傳人	悅讀館	天航	即將出版		
三分球神射手 1	悅讀館	天航	9789866473197	272	220
三分球神射手 2～6（完）	悅讀館	天航			各240
東濱街道故事集　惡都1	悅讀館	喬靖夫	9789866815829	208	180
慈悲　惡都2	悅讀館	袁建滔	9789866473043	336	240
犬女　惡都3	悅讀館	袁建滔	9789866473227	208	180
武道狂之詩　卷一 風從虎．雲從龍	悅讀館	喬靖夫	9789866473005	256	220
武道狂之詩　卷二 蜀都戰歌	悅讀館	喬靖夫	9789866473340	256	220
武道狂之詩　卷三 震關中	悅讀館	喬靖夫	9789866473494	256	220
武道狂之詩　卷四 英雄街道	悅讀館	喬靖夫	9789866473623	256	220
武道狂之詩　卷五 高手盟約	悅讀館	喬靖夫	9789866473937	256	220
武道狂之詩　卷六 任俠天下	悅讀館	喬靖夫	9789866473975	224	199
武道狂之詩　卷七 夜戰廬陵	悅讀館	喬靖夫	9789866157196	240	199
惡魔斬殺陣　吸血鬼獵人日誌 I	悅讀館	喬靖夫	9789867450821	240	199
冥獸酷殺行　吸血鬼獵人日誌 II	悅讀館	喬靖夫	9789867450838	240	199
殺人鬼繪卷　吸血鬼獵人日誌 III	悅讀館	喬靖夫	9789867450920	240	199
華麗妖殺團　吸血鬼獵人日誌 IV	悅讀館	喬靖夫	9789867450937	368	250
地獄鎮魂歌　吸血鬼獵人日誌 特別篇	悅讀館	喬靖夫	9789867450999	192	129
殺禪　全八卷	悅讀館	喬靖夫			各180
誤宮大廈	悅讀館	喬靖夫	9789866815423	256	220
天使密碼 全五卷	悅讀館	游素蘭			各220
說鬼　黑白館1	悅讀館	琦琦	9789866473333	320	240

＊實際定價以各書版權頁爲準

惡疫　黑白館2	悅讀館	琦琦	9789866473517	272	240
血故事　人魔詩篇1	悅讀館	羽奇	9789866815638	224	180
氏族血戰	悅讀館	天下無聊	9789866473753	224	180
獵頭	悅讀館	烏奴奴＆夏佩爾	9789866473739	288	240
噩盡島 1	悅讀館	莫仁	9789866473395	272	99
噩盡島 2～13（完）	悅讀館	莫仁		272	各220
噩盡島II 1～8	悅讀館	莫仁			各220
異世遊　全五卷	悅讀館	莫仁		304	各240
遁能時代 全五卷	悅讀館	莫仁			各240
山貓　因與聿案簿錄 1	悅讀館	護玄	9789866815560	256	220
水漬　因與聿案簿錄 2	悅讀館	護玄	9789866815645	256	220
彩券　因與聿案簿錄 3	悅讀館	護玄	9789866815775	256	220
祕密　因與聿案簿錄 4	悅讀館	護玄	9789866815836	256	220
失去　因與聿案簿錄 5	悅讀館	護玄	9789866473074	296	240
不明　因與聿案簿錄 6	悅讀館	護玄	9789866473319	272	240
雙生　因與聿案簿錄 7	悅讀館	護玄	9789866473586	288	240
終結　因與聿案簿錄 8（完）	悅讀館	護玄	9789866473685	288	240
異動之刻 1～7	悅讀館	護玄		256	各220
希臘神諭	悅讀館	戚建邦	9789866815706	320	250
莎翁之筆　筆世界1	悅讀館	戚建邦	9789866473128	288	220
反物質神杖　筆世界2	悅讀館	戚建邦	9789866473272	272	220
天誅第一部　烈火之城卷（上）、（下）	悅讀館	燕壘生			各240
天誅第二部　天誅卷一～卷三（完）	悅讀館	燕壘生			各250
天誅第三部　創世紀卷一～卷三（完）	悅讀館	燕壘生			共810
伏魔　道可道系列 1	悅讀館	燕壘生	9789867450630	168	139
辟邪　道可道系列 2	悅讀館	燕壘生	9789867450647	168	139
斬鬼　道可道系列 3	悅讀館	燕壘生	9789867450722	224	180
搜神　道可道系列 4	悅讀館	燕壘生	9789867450739	224	180
道門秘寶　道可道系列番外篇	悅讀館	燕壘生	9789866815522	320	250
活埋庵夜譚（限）	悅讀館	燕壘生	9789867450333	224	200
仇鬼豪戰錄 套書（上下不分售）	悅讀館	九鬼	9789866815379		499
輪迴	悅讀館	九鬼	9789866815782	256	199
彌賽亞：幻影蜃樓 上下兩部	悅讀館	何弼＆櫻木川	9789867450609	240	各180
銀河滅	悅讀館	洪淩	9789866815508	288	240
公元6000年異世界（新版）	悅讀館	Div	9789866815621	312	240
天外三國　全三部	悅讀館	Div			各180
永夜之城　夜城1	夜城	賽門．葛林	9789867450760	288	250
天使戰爭　夜城2	夜城	賽門．葛林	9789867450845	304	250
夜鶯的嘆息　夜城3	夜城	賽門．葛林	9789867450968	304	250
魔女回歸　夜城4	夜城	賽門．葛林	9789866815041	336	280
錯過的旅途　夜城5	夜城	賽門．葛林	9789866815232	352	299
毒蛇的利齒　夜城6	夜城	賽門．葛林	9789866815393	360	299
地獄債　夜城7	夜城	賽門．葛林	9789866815928	336	280
非自然詢問報　夜城8	夜城	賽門．葛林	9789866473081	288	250
又見審判日　夜城9	夜城	賽門．葛林	9789866473142	320	280
影子瀑布	Fever	賽門．葛林	9789866815607	464	380
善惡方程式（上下不分售）	Fever	珍．簡森	9789866815478	842	599
熾熱之夢	Fever	喬治．馬汀	9789866473234	456	360
審判日	Fever	珍．簡森	9789866473357	592	420
光之逝	Fever	喬治．馬汀	9789866473203	384	320

＊實際定價以各書版權頁為準

魔法咬人	Fever	伊洛娜・安德魯斯	9789866473593	336	280
殺人恩典	Fever	克莉絲汀・卡修	9789866473760	400	299
魔法烈焰	Fever	伊洛娜・安德魯斯	9789866473746	352	299
魔法衝擊	Fever	伊洛娜・安德魯斯	9789866473999	352	299
守護者之心　秘史系列1	Fever	賽門・葛林	9789866157011	416	350
惡魔恆長久　秘史系列2	Fever	賽門・葛林	9789866157219	464	350
火兒　恩典系列2	Fever	克莉絲汀・卡修	9789866157202	384	299
歲月之石　卷一 四季之鍊	阿倫德年代紀	全民熙	9789866473364	360	299
歲月之石　卷二 妖精環	阿倫德年代紀	全民熙	9789866473951	368	299
歲月之石　卷三 橫越春之大陸	阿倫德年代紀	全民熙	9789866157240	368	299
德莫尼克 卷一 不是所有的孩子都是天使	符文之子2	全民熙	9789867450388	336	280
德莫尼克 卷二 假面的微笑	符文之子2	全民熙	9789867450418	336	280
德莫尼克 卷三 失落的一角	符文之子2	全民熙	9789867450449	364	280
德莫尼克 卷四 劇院裡的人們	符文之子2	全民熙	9789867450579	364	280
德莫尼克 卷五 海螺島的公爵	符文之子2	全民熙	9789867450692	336	280
德莫尼克 卷六 紅霞島的祕密	符文之子2	全民熙	9789866815089	364	280
德莫尼克 卷七 躲避者，尋找者	符文之子2	全民熙	9789866815355	364	299
德莫尼克 卷八 與影隨行（完）	符文之子2	全民熙	9789866815485	512	399
符文之子 卷一 冬日之劍	符文之子1	全民熙	9789866815133	360	299
符文之子 卷二 衝出陷阱，捲入暴風	符文之子1	全民熙	9789866815140	320	299
符文之子 卷三 存活者之島	符文之子1	全民熙	9789866815157	336	299
符文之子 卷四 不消失的血	符文之子1	全民熙	9789866815164	352	299
符文之子 卷五 兩把劍，四個名	符文之子1	全民熙	9789866815171	352	299
符文之子 卷六 封地之印的呼喚	符文之子1	全民熙	9789866815188	352	299
符文之子 卷七 選擇黎明（完）	符文之子1	全民熙	9789866815195	432	320
移獵蠻荒1-25（完）	無元世紀	莫仁		192	各160
戀光明　全四部	into	戚建邦	9789867929068	320	各240
若星漢第一部～第三部（完）	into	今何在			各250
海穹金鱗	into	李伍薰	9789867929471	256	240
海穹浪客	into	李伍薰	9789867929556	256	240
海穹蒼生	into	李伍薰	9789867450593	304	240
海穹雷雲	into	李伍薰	9789866815102	272	240
海穹碧刃（完）	into	李伍薰	9789866815959	328	240
魔道御書房：科／幻作品閱讀筆記	知識樹	洪凌	9789867450326	240	220
有關女巫：永不止息的魔法傳奇	知識樹	凱特琳&艾米	9789867450548	256	220
從九頭蛇到九尾狐	知識樹	王新禧等著	9789866815430	192	180
阿宅的奇幻事務所	知識樹	朱學恒	9789866815492	256	199
魔法世界之旅	知識樹	天沼春樹＆水月留津	9789866473241	240	220
柯普雷的翅膀	畫話本	AKRU	9789866815935		240
吳布雷茲・十年	畫話本	Blaze	9789866473289		480
魔廚	畫話本	爆野家	9789866473609		200
北城百畫帖	畫話本	AKRU	9789866157028		240
邢大與狐仙（上）	畫話本	艾姆兔M2	978866157226	169	220
古本山海經圖說　上卷、下卷		馬昌儀			各550
新的世界沒有神	朱學恒作品集	朱學恒	9789866473302	304	260
宅男子漢的戰鬥	朱學恒作品集	朱學恒	9789866473982		260
聽說	小說電影館	簡士耕	9789866473371	208	199
愛你一萬年	小說電影館	簡士耕	9789866473944	256	250
初戀風暴	小說電影館	簡士耕	9789866157103	256	199
再見，東京 1～4（第一部完）	明毓屏作品集	明毓屏			各250

＊實際定價以各書版權頁爲準

國家圖書館出版品預行編目資料

月與火犬2／星子 著；.—— 初版. ——台北市：
蓋亞文化，2011.06-
冊；公分.——（月與火犬；2）（悅讀館；RE252）

ISBN 978-986-6157-35-6 (平裝)

857.7 100005358

悅讀館 RE252

月與火犬 2

作者／星子
插畫／Izumi
封面設計／克里斯
出版／蓋亞文化有限公司
地址◎台北市103赤峰街41巷7號1樓
電話◎（02）25585438 傳眞◎（02）25585439
網址◎www.gaeabooks.com.tw
電子信箱◎gaea@gaeabooks.com.tw
郵撥帳號◎19769541 戶名：蓋亞文化有限公司
法律顧問／義正國際法律事務所
總經銷／聯合發行股份有限公司
地址◎新北市新店區寶橋路二三五巷六弄六號二樓
電話◎（02）29178022 傳眞◎（02）29156275
港澳地區／一代匯集
電話◎（852）27838102 傳眞◎（852）23960050
地址◎九龍旺角塘尾道64號龍駒企業大廈10樓B&D室
初版四刷／2015年07月
定價／新台幣 220 元
Printed in Taiwan

GAEA ISBN／978-986-6157-35-6

RE252
GAEA

月與火犬 2

蓋亞文化　讀者迴響

感謝您在茫茫書海中選擇了蓋亞，您的支持是我們最大的動力。
不要缺席喔，讓我們一起乘著夢想的羽翼，穿越時空遨遊天地！

姓名：　性別：□男□女　出生日期：　年　月　日
聯絡電話：　手機：
學歷：□小學□國中□高中□大學□研究所　職業：
E-mail：　（請正確填寫）
通訊地址：□□□
本書購自：　縣市　書店
何處得知本書消息：□逛書店□親友推薦□DM廣告□網路□雜誌報導
是否購買過蓋亞其他書籍：□是，書名：　□否，首次購買
購買本書的動機是：□封面很吸引人□書名取得很讚□喜歡作者□價格便宜□其他
是否參加過蓋亞所舉辦的活動： □有，參加過　場　□無，因爲
喜歡出版社製作什麼樣的贈品： □書卡□文具用品□衣服□作者簽名□海報□無所謂□其他：
您對本書的意見： ◎內容／□滿意□尚可□待改進　◎編輯／□滿意□尚可□待改進 ◎封面設計／□滿意□尚可□待改進　◎定價／□滿意□尚可□待改進
推薦好友，讓他們一起分享出版訊息，享有購書優惠 1.姓名：　e-mail： 2.姓名：　e-mail：
其他建議：

廣告回信　郵資免付
台北郵局登記證
台北廣字第675號

GAEA

蓋亞文化有限公司　收

103 台北市赤峰街41巷7號1樓

Gaea

GAEA